艾伟作品

妇女简史

妇女简史

作家出版社

目录

敦煌

有一段日子，小项和周菲经常一起散步闲聊。小项是成都人，大学毕业来到永城，分配到了永城电视台，孤单一人住在集体宿舍里。周菲也刚从外地调入歌舞团，虽然有自己的房子，但丈夫和孩子暂时没有跟着一起过来。两人惺惺相惜，成了闺蜜。

她们免不了谈男女之事。小项坦白，至今没谈过一次恋爱，单恋过几次，也只是一个人感动，连男人的手都没拉过。小项从少女时代开始就喜欢写日记，她把自己的那点小心思都写在日记里了。周菲说，她也是，结婚前没人追，倒是婚后，男人们好像突然在她身上发现了一个金矿，不时会发一些暧昧的信息给她。

一次闲聊，周菲讲了她在上戏进修时的一段情感。男的是学表演的，很帅，每天来她的宿舍。宿舍住着四个女生，他为她而来，她们既羡慕又嫉妒，这让周菲的虚荣心感到满足。他们一起看了几次电影后很自然地在一起了。

周菲还没说完，小项就生气了。小项认为周菲是个坏女人，一个有夫之妇怎么可以干这种事。小项抛下周菲，一个人沿着护城河怒气冲冲地离去，令周菲很尴尬。

后来周菲对小项解释，她其实只想告诉小项，男人都差不多，以后小项会知道。周菲说，她和那位帅哥在一起时并不美好，帅哥自私得要命，这种男人以为同你好是对你的恩赐。小项还是不能认同周菲的行为，她说，我如果结婚，不会和别的男人乱来。

经人介绍，小项认识了陈波。第一次约会，小项问周菲，穿什么好？小项毕业不久，在打扮上没太费心思，平时穿着随便，还像大学生的样子。周菲带着小项逛街，选购了几件衣服。周菲说，衣服并不是流行就好，要适合自己才对。小项长得小巧玲珑，胸小，好在皮肤白皙。那天周菲替小项挑了一件吊带衫，下面配一条裙裤。周菲说，这样会使你显得修长。小项对着镜子看自己，第一次看到自己可以这么漂亮。

那次约会，小项对陈波基本上是满意的。陈波是外科医生，看起来相当沉静，脸部瘦削，显得结实而精干。

约会了几次之后，小项想带陈波来见周菲。周菲开玩笑说，你这相当于见家长啊，看来你认真了。小项说，我吃不准才让你看。

是在一个茶馆见的面。小项和陈波先到，一会儿，周菲从茶馆门口走进来。室外的光线使周菲看起来面目模糊。小项和陈波站起来。陈波礼貌地和周菲握了个手。陈波握手十分有力。一双典型的外科医生的手。只是陈波的手心冰凉，好像是个没有体温的人。这一点让周菲很吃惊。那天陈波是拘谨的，低调的，话不多，他一直看着小项，目光幽深。基本上是小项在说，叽叽喳喳的，像栖息在电线杆上的一只小鸟，亢奋地和周菲说着最近的八卦，好像这会儿陈波不存在似的。中间，小项去了一趟洗手间，陈波的目光一直跟随着小项。周菲注意到，只要小项消失片刻，陈波就会不安。

小项和陈波的关系算不上浪漫。经人介绍本身就是个平庸的开头，提前消解了浪漫这个词。有了开头，就意味着一个方向，走着走着，小项和陈波就走向了婚姻的殿堂。

结婚前，小项是有疑虑的。作为结婚对象，外科医生陈波是理想的，他家境好，在西门街有一套现成的婚房。陈波在医界小有声望，收入不菲。陈波话虽不多，但很照顾小项，让小项有安全感。小项因此觉得在永城有了根基，好像她就此不再是漂泊的，而是可以根深叶茂生长的。心有不甘还是有一点的，小项和陈波在一起时，没有太多的激情，一切平淡如水。她谈不上爱陈波，对陈波的激情甚至比不上过去的单恋对象。她多么想有一次像模像样的恋爱，她不奢望如书中描述的那样，至少是可以让她全身心投入的。

周菲对小项的想法不以为然。周菲觉得陈波挺好的。周菲母亲的直肠出了问题，生了个良性肿瘤。周菲是找陈波开刀的。周菲毫无缘由地信任双手冰冷的外科医生陈波。周菲凭直觉认定这双手做手术一定是冷静而精准的。母亲的手术做得堪称完美。在医院，陈波十分严肃，每次见到周菲都尽量笑一下，竟然有些腼腆。周菲去过陈波的办公室，物品各归其类，办公桌一尘不染。周菲对陈波因此很有好感。周菲对小项说，陈波那么在乎你，家境又体面，这样的老公哪儿找去，过了这个村没那个店了。

周菲让小项别有的没的尽想些不靠谱的念头。

那年深秋，小项和陈波结婚了。陈波的父母希望儿子找一个本地姑娘，有共同的地域背景，他们会更放心一些。不过既然儿子这么迷恋小项，他们也不排斥，只是私下担心，陈波这么迁就小项，会成为一个"妻管严"。这病医生治不好。陈波的母亲不无玩笑地对自己老头说。陈波的父亲多年来一直有怕老婆名声，他不住点头，趁机戗道，这是家传。陈波的父母都是知识分子，父亲在大学教授马列，母亲在研究所研究海洋生物，不过都退休了。除了金钱上的资助，他们懒得管儿子的家庭生活。小项有时候会觉得陈波父母对陈波态度过于超然，有些淡漠了。这也可能是陈波的个性造成的。平日里，陈波和人相处都有距离感。

照陈波父母的想法结婚这件事越简单越好，酒席也不用办。一个隆重的婚礼和婚后漫长的日常生活没有半毛钱关系。小项不同意，她希望有一个正式而隆重的婚礼。从少女时代开始，小项脑子里一直有一个瑰丽的梦，她在某一天会遇上一个白马王子，然后披上洁白的婚纱和王子结婚。在那个梦里，连结婚的仪式都是在教堂里办的。陈波支持小项的想法。不过去教堂是不合适的，他和小项都不是基督徒，梦想一下可以，真要在牧师的见证下结婚，他们自己都觉得不妥。同所有的婚礼一样，请亲朋好友饱餐一顿，其间让婚庆公司安排诸种礼仪，共同见证一对新人在《婚礼进行曲》中走入婚姻的殿堂。

　　小项的母亲参加了婚礼。小项的母亲面容有些憔悴，不过和小项长得很像，年轻时应该是美人坯子。小项的母亲一脸愧疚，面对亲家公夫妇甚至有些卑微，好像小项高攀上了一户好人家。小项对母亲的低姿态颇为不满，她对母亲耳语，你没必要装得好像我嫁不出去似的。小项的母亲带来一只红色的小盒子，小项知道这只盒子。这是外婆给母亲的结婚礼物。外婆家从前开过珠宝行，不过到母亲出嫁时，典当得差不多了。总还是有些宝贝的，外婆把家里最值钱的东西都传给了母亲。现在，母亲又把这只盒子及盒子里的东西传给了小项。

　　小项的父亲没来。婚后的某一天，小项对周菲说，在她十岁那年，父亲和母亲离了婚，各自组成了家庭。小项没有把自己结婚的消息告知父亲，她和母亲更亲一些。周菲有些吃惊，她和小项走得这么近，小项竟然从来没说起自己的家庭，周菲突然觉得小项身上有很多秘密。

　　仪式中有一项父亲把女儿送到新郎手中的环节。陈波的父亲担当此任。陈波的父亲非常乐意，挽着小项的手臂，庄重得像一位真正的父亲。陈波的母亲语带讥讽说，老头子这辈子就想有个女儿，今晚他算是找到感觉了。

　　婚礼那天，小项和陈波进入洞房都累坏了。第二天他们醒来的时候已是十点。西门街很安静。阳光从窗帘缝隙中照射进来，照在地板上。从窗帘的缝隙望出去，看到西门街的两棵银杏树，树叶金黄，像一堆燃烧的金子，灼人双眼。母亲送的那只红色盒子放在梳妆台上，盒子表面镶嵌着由白色象牙拼接而成的月季花饰。母亲曾告诉过她，等她出嫁时，会把这只盒子以及盒子里的宝贝送给她。母亲嫁人后又生了个女儿，小项以为母亲不会记得自己说过的话。母亲没有食言。小项是感动的，母亲对她比她预料的要好。小项看着那只盒子，在一众现代家具中显得相当醒目，好像这只盒子才是这个房间里真正的主角，把婚房照亮了，好像因为房间里有这只盒子，她和陈波就会百年好合。

小项说，想看吗？里面的东西很值钱。陈波摇摇头。小项问，一点好奇心也没有？

小项从床上起来，走到梳妆台前，把盒子抱在怀里，回到床上。她打开盒子，一件件给陈波看，玉佩、蓝宝石、翡翠、珍珠以及一只雕饰繁复的拇指大小的金佛像等。小时候，母亲从来不让小项看里面的东西，小项很好奇，曾把盒子上的小铜锁砸了，偷偷看过。结果被母亲打了一顿。在小项悲伤地大哭一场后，母亲说，这些东西以后都是你的，是你的嫁妆。后来母亲找人修好了那把小铜锁。

小项说，陈波，要是我们生个女儿，这盒子和里面的东西就做她的嫁妆。陈波显得有些激动，他把小项搂在怀里，亲小项的额头。小项突然生出对陈波的依恋，一种类似生死相依的感觉。这是小项第一次感到自己对陈波其实是有感情的。是的，陈波沉静干净，只是不太会说甜言蜜语罢了。

小项再次起身，从抽屉里拿出自己的几本日记本，放入红色盒子里。小项说，以后把日记也送给女儿，当她嫁妆。

　　谈恋爱时，陈波知道小项喜欢记日记。陈波问小项，你的日记里都记着什么？小项说，你想看啊？看了不要吓着你啊。陈波说，有很多秘密吗？小项说，很多小心思吧。小项停了停，表情严肃地说，在你之前，我没让一个男人碰过，你想看你就看吧。陈波温和地笑，说，我不看。

　　后来，这只盒子成了小项的一个特殊领地，陈波和她之间很自然形成一个默契，陈波不看小项盒子里的东西。

　　一年后，陈波和小项有了女儿豆豆。

　　小项原指望陈波的父母可以照顾一下豆豆。陈波说，怎么可能，我爸妈当年连我都不管，把我寄养在农村老家，我是乡下奶奶带大的。果然公公婆婆除了偶尔心血来潮来看看孙女，平时基本上不闻不问。公公婆婆在钱方面是大方的，说让他们请一个保姆，钱他们来出。带孩子实在太累了，请保姆这件事，小项动过心思，陈波反对。陈波说，医院里我面对的全是陌生人，可不想在家里再见到外人。小项知道陈波这样说只是个借口，他其实是不想女儿像他那样被外人养育。虽说奶奶算不得外人，但寄养本身让他同父母之间有一种微妙的隔阂，不可言传，难以消除。陈波倒是很勤快，在小项哺乳期时几乎包揽了所有家务，对豆豆也很疼爱，恨不得整天抱着她。女儿什么也不知道的时候，陈波就开始讲故事给豆豆听。那些故事是陈波乡下奶奶讲给他听的，土得掉渣，却蛮有民间智慧的，女儿没有反应，小项经常听得花枝乱颤，弄得陈波很不好意思，特地去书店买了一摞童书来讲。

　　小项的观念不知不觉有些改变，她对男女之事不像以前那么矜持了，办公室里女人之间的一些玩笑，她不再排斥。她生出一个粗俗的念头，老娘孩子都生了还怕什么。在电视台，小项平常接触的都是些光鲜亮丽的人物，身边演员主持人一大堆，经常听到关于他们的各种各样的绯闻。电视台一位主持人，几乎每年要闹一次恋爱，并且每一次都是全身心投入，轰轰烈烈。最新的一次是她爱上了一位比她小十岁的富家少爷，大家都认定少爷是玩她的，她却飞蛾扑火般投入。这种事小项听多了，就习以为常了。想起以前听到周菲婚外和别的男人好，她的反感如此强烈，有些好笑了。生完孩子后，主管策划部的副台长韩文涤让小项参与策划了几台晚会，相当成功。这些晚会的一些串台词出自她手，有妙手点睛之效，广受好评。

　　周菲调到永城快三年了，终于尝到了"梦想很丰满，现实很骨感"的滋味。周菲的心中一直有一个梦，她想做一个能够充分表达自己这么多年来生命体验的舞剧。几年前她看了"云门舞集"，非常感动。她看过很多现代舞剧，那是纯西方的，表达的往往是个人生命中本能的暴烈和激情。"云门舞集"特别东方，舞蹈语言是现代的，内里却安静如一幅一幅的水墨画。她觉得这是她要的，她想做一个比"云门舞集"的作品更有叙事性的舞剧。本来她盼着调到永城歌舞团能组一个自己的团队，调她过来的人也答应会让她按自己的想法做。三年很快就要过去了，周菲终于认清了事实：没钱。她要做的不是市场欢迎的，纯粹是自我表达。这有点自私，可周菲就想做这样的作品。她不想辜负生命，浮夸之作宁可不做。

　　这三年，周菲除了弄她的舞剧剧本（反正暂时也没钱排，她一直在改），基本上很空闲，和小项常见面。周菲有舞台经验，能恰到好处地给小项的策划项目出点子。小项受益匪浅。周菲在男女方面很敏锐。小项老是提起韩文涤，出现的频率有点高。周菲意识到小项喜欢韩文涤（可能小项自己还没意识到）。周菲是认识韩文涤的，虽没深交，总还是有些了解的。周菲觉得韩文涤并非简单的人，周围美女如云，至今没有传出任何绯闻。人长得有些像年轻时的王心刚，气质沉稳低调，只是目光比王心刚要锐利一些。据说他最有魅力的时候是开策划会，话不多，常有妙语，含金量很高，直指问题核心，适当的地方来几句冷幽默，逗大家开心。电视台有不少女人喜欢他。他不来电。美女们夸张地表示痛心疾首。还有人怀疑他的性取向。周菲知道所谓的性取向问题，只不过是台里女人打趣，不能当真。周菲觉得小项对韩文涤产生喜欢或者崇拜之情也属正常。周菲也算是阅人无数了，韩文涤虽然待人温和有礼（照小项的说法身上有股暖烘烘的气息），却总是和人保持距离，周菲凭直觉断定这男人一定是有野心的，不可能在私德上犯错，影响仕途。

　　小项有今天和韩文涤的信任和支持不无关系。小项心里面很感激他。她想过送他一件礼物，表达谢意，又怕他拒绝。他是个气场很大的人，不能说他不温和，但总还是让人感到身上有威严的难以接近的东西。小项是有些怕他的。

　　在哺乳期，小项也非常注意穿着得体。她的乳房不大，可奇怪的是她的乳汁特别多，她怕溢出弄湿衣服，上班时做了不少防护措施。这使她的胸看起来比平时要大。她自己也觉得沉甸甸，比往日性感。她很享受这种沉甸甸的感受，希望自己永远沉甸甸。生完孩子后，很多人说小项变得漂亮了，皮肤里好像有光芒透出来。

有一次小项发现自己的乳汁从衣服里渗出来，感到挺难为情的。她本想去厕所里往胸口垫一些纸巾，见走道上空无一人，就面向墙壁把手伸入胸口，垫将起来。刚好韩文涤从办公室出来，看到这一幕。小项捕捉到了他的目光，同平时不一样，是男人那种。小项的心不由得狂跳起来，脸也红了。小项几乎是逃回办公室的。

后来小项时常回忆那一幕。当时的狼狈转换成了某种暧昧而温馨的感觉。好像因为那一幕，她和他之间有了某种私密关系。

小项的暗恋史源远流长。小项初次暗恋对象是高中时的班主任——一位严肃的语文老师。小项记日记的习惯就是这位语文老师鼓励的结果。小项作文好，经常被当作范文在班上读。后来语文老师调到别的学校了。她听说是因为生活作风问题调走的，据说和另一个班上一位女生有了不伦恋。小项不相信。她倒是设想过那个不伦恋的女生是自己。小项在各个时期暗恋过各种各样的男人，有时间漫长的，也有时间短促的。短促得几乎若昙花一现。小项对自己如此频繁地对男人动心感到不可思议，有时候她会觉得自己很"花心"。

小项和韩文涤在走廊迎面而过，韩文涤经常对她视而不见。即便这样，小项想起他来，心里面还是温暖的。她说不出他在哪里刻意帮了自己，她却感到他的帮助是全方位的，润物细无声的。即便他们除了工作关系没有任何私交，现在韩文涤还是成了小项某种精神上的依靠。

夜深人静的时候，韩文涤开始以另外的面目出现在她的想象里，他对她变得温柔，变得温润如玉，他们成了亲人。她偶尔会想象一下和他肌肤相亲，但更多的是精神上的想念。她赋予韩文涤无数高尚的品质（没有绯闻成了他高贵品质的一种），她告诉自己她爱慕和崇拜他是因为对这些高尚品质的认同。她由此生出人生的暖意。

时间一久，小项只要单独面对韩文涤，她都会有晕眩的感觉，变得呼吸困难。她因此不敢太靠近他，总是和他保持一定的距离，怕自己真的会晕过去。有时候在电梯里碰到他，她除了对他傻笑，大气都不敢出，她很担心自己会失态。

小项在业界有了名声。有一些企事业单位会在节庆日搞晚会，他们会找小项策划。其实小项知道，他们找她策划也并不完全是她水平有多高（当然还过得去），更重要的是他们看中小项手中有演员和主持人资源。小项出马，晚会马上就高大上。小项在工作中会遇见一些陌生男人，他们中的一些人会心仪她，会在某个特定的日子，比如"三八"节或情人节，给她发暧昧的短信。不能说小项毫无喜悦，虽然她明白这些短信不能完全当真，很多人只是逢场作戏，但哪一个女人会不喜欢有人追呢。她盼望韩文涤在这样的日子里发一个问候或鼓励的短信。从来没有。

认识的人多了，小项经常介绍一些人给周菲，希望他们能出钱支持周菲。小项真心觉得周菲能排出一台好舞剧。可是他们除了对周菲的美貌感兴趣，正事儿没有任何进展。周菲很气馁。周菲有一次和小项喝酒，周菲说了句粗话，要是我卖身他们能出钱的话，我也干了。小项听了竟然觉得难受。在这一行里，看得多了，小项对女性的处境还是敏感的。

小项听到韩文涤家庭生活的传言是半年后的一个酒局上，有人提起韩文涤，说韩文涤的夫人很漂亮，外面有人了，韩文涤也知道自己戴绿帽子的事，一直忍着。那人说，他夫人和韩文涤妻子是闺密，有一天韩文涤打电话给他夫人，韩文涤在电话里抽泣，说都是他的错，不怪他妻子……小项听了非常震惊。她一直以为韩文涤家庭生活很幸福，没想到是这样子。小项感到心痛，感觉要泪崩了。她连忙起身去了一趟厕所。

周菲当时也在。周菲看到小项从厕所回来眼睛是红的。周菲的心沉了一下，敏感地意识到同刚才的传言有关。小项开始频频敬酒，喝得很猛。周菲本来要拦她的，又想，小项也许想喝醉一次。随小项吧，反正喝醉了也可以安全送她回家。

小项喝高了，并没有醉，只是有些兴奋。饭局结束，小项夸张地和每个人拥抱告别。周菲一直在边上作陪。直到人全散去，小项抱住周菲痛哭。

如周菲所料，小项如此失态是因为怜惜韩文涤。小项替他不值。小项甚至觉得要是她是接到他电话的那个人，是听到他哭声的那个人，她会感到幸福的。周菲这才知道小项已深陷在对韩文涤的情感之中。小项问怎么办？周菲不知道如何安慰她。

周菲是冷静的。她并不在乎那个叫韩文涤的人。她痛惜小项。凭直觉周菲不认为韩文涤会接受这份情谊，但有什么办法呢？她只好鼓励小项主动出击。出于对人性的了解，小项现在这个样子，不撞南墙根本回不了头，醒不过来。不过周菲还是警告小项，一定要保护好自己的婚姻，那个人不可能娶你，你以后会知道稳定的婚姻对女人来说多么重要。

有很长一段时间，小项沉溺在对韩文涤某种温柔的怜悯和母性情怀中，虽然有周菲的鼓励，但她还是有点胆怯，迟迟没有行动。她想起哺乳期时，他看到她往胸口放纸巾时他的目光，好像这目光至今还黏在她的胸脯上。她想象他承受的创痛，想象他哭泣的样子（没想到这么高大的男人也会流泪），她多么想他埋在她胸口哭泣。

又过去了很长一段日子。

一天，小项上班到得早，竟然在电梯里碰到韩文涤，并且是单独相遇。他还像往日那样严肃，甚至没看小项一眼。小项一直看着他，她和他靠得如此近，她几乎嗅到了他身上特有的温暖气息（更多的是她的想象）。不知怎么的，小项突然泪流满面。韩文涤似乎很吃惊，问，你怎么了？他从口袋里拿出一沓纸巾递给小项。小项几乎没有思索，抱住了韩文涤，把脸贴在他胸膛，失声痛哭。小项不知道是为他哭还是为自己哭。她只想哭。韩文涤身体僵硬，没任何反应。小项抬头看他，他的表情有点惊愕。不过，他很沉稳。他指了指电梯上的摄像头，说，监控。

小项迅速离开他的怀抱，好像韩文涤的身体发出高压电，击中了她，让她本能退离。他们的办公楼在十一层，电梯很快到了。小项几乎是从电梯里逃离出来，好像是她刚刚受到了非礼。

回到办公室，小项羞愧难当。出于自尊，她给他发了一则短信，对自己的失态向韩文涤表达歉意。让小项意外的是韩文涤回复了她。韩文涤说，一直以来把小项当作小妹妹看待。别的不再有进一步的表示。"小妹妹"在小项看来是个暧昧的词语。收到这条短信，小项突然感到雨过天晴，希望又以近乎顽强的方式从失望的土地里长了出来。小项想既然都这么主动过了，丢过人了，就丢人吧。小项开始在短信里表白。韩文涤的回应谨慎而节制。

那段日子，陈波想和小项亲热时，小项都拒绝。睡觉前，小项不忘拿起手机，给韩文涤发一个短信，言词热烈。晚上，韩文涤从来不回复小项。有一天小项睡不着，偷偷跑到卫生间试着给韩文涤打电话，想知道他是不是还开着机。开着机的话说明他看到她的留言了。他已关机。小项回到床上，陈波问，出了什么事吗？小项说，你想哪儿去了。陈波说，你刚才去打电话了？给谁？小项说，你神经啊。一会儿，小项说，你怎么疑神疑鬼的？要不你查看一下我电话吧。小项这么说，并没有把电话递给陈波。陈波翻过身说，睡吧。

和韩文涤的关系没有朝小项所希望的方向进展。一个月后，韩文涤不再回她的短信。在单位里，他对小项也越来越冷淡。小项想，大概是自己太主动，把他吓跑了。

小项觉得自己失恋了。小项茶饭不思，还经常失眠，深陷其中不能自拔。她因此感到很痛苦。没有恋过便失恋更令小项感到挫败。这种状态持续了很长一段日子。

小项想起周菲让她主动表白时留下的警告（当时小项极度排斥周菲的话，认为周菲有偏见）。周菲说，你要做好受伤的准备。韩文涤不是一般人，外面都在传他快要升官了，不会在这种事上犯错，他老婆都对他那样了，他都不愿离婚，这得需要多大的意志。况且你又是他的属下，像他这种男人，知道兔子不吃窝边草的道理。周菲是多么聪明。

小项明白男女之事强求不得，道理虽懂，她还是心有不甘。好在小项的工作很忙，需要和各种各样的人打交道，她又是个注意自己形象的人，得把自己的情绪牢牢把控好。另外，她接触的人很多是开心果，说学逗唱，一副游戏人生的派头。欢笑总是能缓解沮丧的情绪。久而久之，小项就死心了。有一天和陈波亲热后，她想起韩文涤来，竟然觉得那个人非常陌生。

小项对自己说，陌生是对的，我从来就没了解过他，一切都是想象的产物。

小项习惯于把自己的情感生活告诉周菲。小项虽然说得轻松，周菲意识到，小项还没有真正忘掉韩文涤。对于一个没有谈过一场真正的恋爱就结婚的女人，小项是不会善罢干休的，无论是精神还是肉体，出轨是迟早的事，不是对韩文涤也会对其他人。

夏天的时候，韩文涤真的如传言一般，升职调到别的单位。同事们给韩文涤做了一个欢送仪式。小项竟然有些怅然。小项以为自己完全把他放下了，韩文涤要离开时，她意识到他从来没从自己的精神上抹去。小项和同事们一样，祝贺韩文涤荣升，说一些场面话。那天韩文涤第一次在公开场合对小项亲近，他走到小项边上，笑着说，空了去我那儿坐坐。小项听了还挺意外的。这不是她熟悉的韩文涤。在台里，韩文涤从来不主动让属下去他办公室。小项的心思不由得动了一下。她看着韩文涤。韩文涤却把目光投向另一个美女。

韩文涤离开电视台后，小项经常想起他。不过小项没得到他任何消息，更别说受到他的邀请了。韩文涤走时说过的那句话，小项念念不忘，心有所动。她恨自己是不是有些轻浮，就凭他这么一句话，心里又凭空等着什么似的，死灰复燃了一般。有好几次，她路过他的单位，想上去坐坐。不做同事了，他会怎样对她呢？不过这样的念想并没持续多久，小项心中的涟漪慢慢平静下来。她不再想起他，好像他在她的世界上消失了，已是一个不存在的人。

但他还是在的，那年秋天，小项突然收到韩文涤的一则短信问候，你好吗？

看完短信，小项愣了好长一会儿。她心中生出遥远而悠长的感觉。她接到短信的那一刻，她意识到自己并没有真正遗忘他，相反在等着他的出现。他依旧在身体或记忆的某处，等待某个时机激活。

我很好，你呢？这句话，她写了好几遍，终于颤抖地按键发了出去。

他迅速回了条短信，我也很好。

这样，他们开始了频繁的短信往来。从前的感觉慢慢被唤醒了。现在，她收到他的短信时，会有一股暖流在身体里流过。她不知道是不是该相信他短信上说的。他说他很珍惜她的情谊，也让她原谅他的不解风情。他的言词依旧是谨慎的，不过意思明白多了。她回忆或虚构过往的一切。她当时暗恋他时，她是那么绝望，又怀着希望。在和陈波做爱时，脑子里幻想的是这个人。在这样的秘密交流中，她有了幸福感，好像她突然得到了一件原本并不奢望的宝物。她觉得自己似乎恋爱了，这回是真的，虽然有时候她依旧将信将疑。

走向更亲密的下一步是自然而然的。终于有一天，韩文涤提出和她约会。韩文涤的约会非常直接，他开好了房间。这不像是他的做派。他是个多么含蓄的人。在小项的想象里，他应该请她喝咖啡才对，不应该一步跨向宾馆的某个房间。不过小项很快试着理解他的行为，他很忙，或者他害怕在公开场合碰到熟人。永城就这么大，他认识的人又多。

小项是怀着温柔和爱去和他约会的。在约会前，小项在镜子里端详自己，她觉得自己并不好（之前她一直为镜子里的自己骄傲，现在却自卑得要命）。她从来没和相爱的男人约会过，她不知道见面怎么和他相处，她还担心自己的身体没有反应。她很忐忑。

她进入房间时，他已经到了。她有差不多半年没见到他了。这段日子他们虽然每天在交流，他只活在她的想象里。但现实和想象毕竟是不一样的。在进门前，她脑子里的他高大而温情，她被脑子里的他的光芒灼照，有轻微的晕眩感，心跳强烈到她不能呼吸。她感到自己的担心完全是多余的，她的身体完全打开了。只是他完全不是她想象的样子。没有光芒，相反，他显得有些慌张，甚至有些气短，好像他意识到自己在做一件并不光彩的事。这令她的心里产生一种轻微的抵触和尴尬，好像自己的行为也是见不得人的。她刹那平静了。有一种陌生的气息从房间里弥漫开来。这不是好兆头。

韩文涤坐在那里一动不动。小项想，他应该过来抱住她。气氛是如此冷。有一刻，小项犹豫是不是要逃走。她舍不得。小项注意到韩文涤看她的目光是无助的。他大概是真的没有经验。她忽然心疼他。她想，已走到这一步，我主动一些吧。

她动作僵硬地抱住了他。他马上回应，开始亲吻她。他显得很疯狂，但她感到他的嘴唇是冷的。她不知道哪里出了差错。她希望自己的热情可以唤醒他的激情。小项主动脱光自己。韩文涤只是亲吻她，没有进一步的动作。小项解开了韩文涤纽扣。韩文涤犹豫了一下，没有阻挡。

然后，他们失败了。他们赤裸相见，韩文涤没有任何反应。小项尽量帮助韩文涤，他还是不见起色。

小项问，你是紧张吗？

韩文涤说，可能。

小项说，同她也这样？

韩文涤有些失神，语调含混，同她没问题。

小项想起那个传言，他们说他美丽的妻子在外面有了情人。小项就是听到这个才激发对他的热情。现在她有点明白这个传言的意思了。小项突然抱住了韩文涤，在他的胸口呜呜地哭起来。

你怎么了？他问。

没有关系。没有也没关系。我不在乎。她说。

这是他们第一次，也是最后的一次。那天他们分手时，他和她的目光一直在逃避对方。回到家，小项装作什么也没发生过，给韩文涤发信息。她还是愿意和他保持亲密关系。韩文涤没有再回她。

一个月后，小项意识到韩文涤在她的生命中消失了。这一次是真的消失了。空闲的日子，小项还是会想起他来，想起他失败时窘迫的样子，她为他惋惜和心痛。现在她知道他是个压抑的男人。这个看上去沉稳而低调的男人，或许这么多年来真的一直默默地爱着她。她愿意相信是这样。

同时，她也为自己惋惜。她爱过他，但她终究没有得到他。

等到豆豆上幼儿园，小项突然空闲下来。再次想起她和韩文涤的事，小项竟然有一种陌生和荒诞感。那些事情好像发生在很久很久之前，甚至远到仿佛是前世，很不真实，与己无关似的。那种曾经有过的深刻的悲伤早已不着痕迹，一切山高水远了。她想，原以为无比深切的情感到头来究竟都成了一片虚空。

　　周菲找到了金主，终于可以排她的舞剧了。周菲对小项说，金主是高层某公子的白手套，这点钱对他们来说就像头上拔下来的一根白发。话虽这么说，周菲也不是没担心赵总自有目的。对于他们来说目的无非是色，不是对周菲色，就是对周菲手下的女演员色。不过这个赵总从来没提过任何要求。他们是在一个饭局上认识的，席间，周菲说起自己那个永远排不了的舞剧。赵总马上答应帮她。当时周菲并不相信，一笑而过。哪知道第二天赵总差人送来了一张支票，给了一半的钱。

　　周菲觉得有必要谢谢他。她不想单独同他见，就拉上了小项。小项这段一直在嚷嚷着空虚之类，老是拉着周菲逛街买衣服。这家伙东西乱买，看见一件好衣服，会买两件。周菲从小项买衣服的行为中想起一个成语：不知餍足。她觉得这个小女人总归有点贪婪啊。

　　本来周菲拿小项做挡箭牌，小项竟拉起皮条来。饭局毕，两人把赵总送走，小项说，赵总不错啊，我以为是个臭男人，竟然是个靓仔。天哪，这么年轻管着这么大摊子事，你不动心？周菲听了哭笑不得，说，你是不是爱上人家了啊，要不我给你们牵个线？小项打了周菲一下，说，你的男人，我哪敢碰。周菲听了刺耳，不过她懒得同小项解释。

　　两人都喝了酒，周菲是开车过来的，周菲找了个代驾，先送小项回家。一路上，顺着刚才的气氛，两人聊着八卦，也不顾忌车里面还有个代驾在。小项议论起台里的女主持人，这个每年要谈一次轰轰烈烈恋爱的女人这回动真格了，那小她十岁的少爷居然要娶她，女主持折腾着要和丈夫离婚，丈夫不肯，几次自杀未遂。周菲说，看来是真爱，他们好了有三年了吧，你们那女主持恋爱的频率明显下降啊。小项笑了，说，她真是有激情啊，取之不尽，用之不竭，每一次都像威风锣鼓，排山倒海，气势恢宏。周菲玩笑道，我看你现在也是这样，一副春心荡漾的样子。小项白了周菲一眼。

关于和韩文涤的事，小项巨细靡遗地同周菲讲过，连那次约会也讲了。当时小项是多么伤感，好像自己是舞台上的一个角色，刚刚经历了一场生死之恋。不过，现在小项完全忘了那一出，好像她已把那个深情的自己丢到了历史的垃圾桶里。

也许是喝了酒，小项言语或多或少有点轻浮。小项说，周菲我问你，要是我这辈子只有陈波是不是亏掉了？周菲说，你不是有过韩文涤，还同人家上过床。小项说，哪有。又打周菲。周菲说，好了，别闹了，你还是好好守着你老公吧，陈波挺好的。激情有什么好，细水长流才是真的过日子。小项对周菲讲过她和陈波床上的事，小项说陈波　板一眼，在床上精确得像在手术台，机械重复着同一套动作。那次周菲被小项逗乐了，说，你可以放荡一些啊。小项说，陈波会受不了，以为我从外面学来的。又说，他表面上不太问我外面的事，但他多疑。

两人一路玩笑着，代驾小哥突然出声了，问，你们是演员吗？两人愣了一下，这突如其来的发问让她们发出嘎嘎嘎的欢笑声。小项来劲了，趴到左驾座位的背上，看着代驾，还忍不住摸了一把代驾的脸，对周菲说，刚才没注意看，是一位帅哥哦。周菲制止了小项，说，人家开车呢，你别闹。

周菲心想，小项真的是孔雀开屏了。至少今夜是这样。是因为赵总吗？

春夏之交，小项听同事说，省里请了一位英国专家，要在西湖景区搞一个关于舞台空间利用的培训班。不是小项所在的系统搞的，但主办方给了电视台策划部一个名额。英国的舞台艺术深具传统，小项的同事都争着想去。小项也想去，不过她懒得争，在心里放弃了。结果最后轮到的是她。

报到那天，天气突然转暖，刚好小项带着夏装，就及时换上了。小项的身材是小巧玲珑型，她自认为不太合适穿裙子，宽大裤子或裙裤合适她，再配上宝蓝色的短袖T恤，把她的皮肤衬得十分白皙。那天小项换上衣服，看着镜子里的自己觉得自己都爱上了自己。小项对自己的身材很满意。在家里，要是豆豆不在，她喜欢赤身裸体，也不管窗帘是不是拉好。陈波对小项这个行为倒也没有制止，只是看到她裸身，就把窗帘关上，生怕被别人看了去。

那天小项报到时有点晚了，大多数学员都到了，围在报到处，叽叽喳喳说话。学员来自全省，男男女女，年龄相当。他们基本上来自同一个系统，或多或少是认识的，至少听说过彼此吧。小项谁也不认识，她好像突然闯入一个陌生的领地。不过小项认为这挺好的，可以认识一些新朋友，可以开阔视野，还可以拓展一下社交圈。现在的社交圈，同学（哪怕只同学三天）就是天然的社交纽带。

有一双眼睛一直盯着小项。他走过来帮小项拿行李，小项的行李不多，就一只拉杆箱。小项没有拒绝。同学嘛。在去房间的路上，那人介绍了自己，叫卢一明，他说，他去过永城，在一次会议上见过小项。小项记不起来了。小项仔细看他，理着一个小平头，觉得他像一个运动员。那天，他穿着一件藏青色的长袖衬衫，大概是因为肌肉发达，衬衫显得有点紧，也因此显出他的挺拔来。后来，他告诉小项，他每周要去健身房三次。他说，不健身，身体会难受。

到了房间，小项在镜子里看自己，一边看，一边想起艳遇这个词。她有一种预感，在这三天里，可能会发生一些事。她对卢一明不了解，她想象了一下，如果和这个男人真的有艳遇，她是否可以接受。她对着镜子里的自己露出淫荡的笑意，说，为什么不呢？近来，她经常起念，想尝试陈波以外的男人。

吃晚饭的时候，卢一明端着盘子坐到小项对面。卢一明很自然约小项晚饭后一起散步，小项爽快地答应了。到目前为止小项在男女之情上没多少实质经验，但面对卢一明时她表现得沉着老练，好像她是个情场老手。后来，小项才明白，卢一明才是情场老手，她只不过是个雏儿。

两人沿着山谷小道，一会儿到了苏堤。大约是周一的缘故，晚上的苏堤行人不多，显得很清寂。小项经常来杭州，都是来去匆匆，少有闲心在西湖漫步。年轻的时候，倒是独自一个走完过长长的苏堤。现在的西湖因为灯光的缘故，晚上看起来美轮美奂，好像真的到了天堂。苏堤倒是幽暗的，大概因为苏堤的绿植茂盛的缘故。

在一个黑暗的深处，卢一明拉住小项的手。小项稍稍犹豫了一下，没有回避。小项以为自己准备好了，事实上并非如此，他们手拉手散步时，小项感到自己是拘谨的，僵硬的。她原本以为拉着男人的手，身体会有欲念。没有。卢一明却是有欲望的，她感受到他手上传来的温度，感受到他手上的不安分。他不说话。不说话是某种危险的开端。她有点担心，周边人这么少，如果他这会儿做出些什么，她不知该如何反应。

在一棵桂花树下，卢一明突然用力把小项揽在怀里，迅速用嘴封住了小项的嘴。小项吓了一跳，然后是本能反抗。她发现自己不能适应如此迅速就走到这一步，在她的想象里，男女之间应该先有言语暧昧，或含蓄的表白，或甜言蜜语，卢一明却毫无铺垫，跳过语言直接进入行动了。她本能地推开卢一明，说了一句没头没脑的话，你对别的女人也这样吗？

仿佛是这句话带出了小项的生气。她觉得自己受到了轻辱。小项甩下卢一明，几乎是逃离了苏堤，沿着山谷的小道回到宾馆。她以为卢一明会追上来，或向她道歉，或继续拥抱她。如果他那样做，她也许会原谅他的粗鲁，他们还可以出来散步。他没有，他站在那儿，看着她，好像对小项的反应颇感稀奇。

小项跑回自己房间。她关好房门，靠在门边，气喘吁吁。奇怪的是欲望在那一刻突然在身体里苏醒了。她的手指在自己嘴上划了一下，迅速唤起刚才的瞬间印象。她闭着眼，好像这会儿卢一明正吻着他。那一瞬非常仓促，因此或许完全是她的想象，她觉得他的嘴唇饱满热烈。她的嘴微微张开，迎接着他。她感到心脏猛烈跳动，胸口发胀，好像这会儿她身体里唯一存在的就是那颗脆弱的心脏。

后来她躺到床上，一直看着手机。或许他会给她一个短信，请求她的原谅，或者向她表白他这么做是因为喜欢她。一个小时过去了，手机没有任何动静。她不知道他是否从苏堤回来了。她反省自己是不是显得太决绝了？会不会伤害到卢一明？她的身体发烫，伴有轻微的抽搐。仿佛是为了转移自己的欲望，她给陈波打了个电话。陈波似乎吃惊她会给他电话，问她怎么了。也许因为身体里的欲念，她说话特别温柔，她甚至想，这会儿如果陈波躺在身边也是好的。不过她很少在陈波面前流露她的情欲，他们谈家常。陈波问了培训班的情况，小项则关心女儿豆豆。

就在小项和陈波通话的时候，一条短信蹿了进来。小项迅速打开短信。是那个卢一明发来的。短信大胆直白：我想你。

小项的心跳震天动地，她甚至怕陈波在电话的那头听到。有很长时间小项没有说话，陈波问怎么了。小项这才反应过来，说我有事了，空了再聊。然后就迅速挂了电话。

她还没来得及回他短信，房间的门敲响了。她觉得自己的心快要从胸腔里飞出来了。刚才她已打了几个委婉拒绝的字，没来得及发出。她决定删掉。这时，陈波的短信进来了，问她为什么电话挂得这么急。好像是陈波的这个短信让她下了决心，她突然有点厌烦，狠狠地按下按钮关掉了手机。她打开房门，卢一明一把抱住了她。

当卢一明离去，小项静静地躺在床上，看着天花板。她觉得太不可思议了。她和卢一明才认识不到一天，她竟同他上床了。她回味着刚才的情形。他很好，她很享受。她认定他是高手，是个惯犯。他竟带了避孕套。她对此竟涌出小小的嫉妒来。

不过小项心里还是涌出一种奇怪的幸福感。她终于了了一桩心愿。他比她想象的要好。她想同人分享她此刻的心情。她自然想到了周菲，拨通了周菲的电话。

电话那头传来嘈杂的音乐声。周菲可能在某个剧场排练。得到赵总的钱后，周菲便开始排练她的舞剧。漫长的排练。边排边改。周菲说。小项管不了那么多，此刻她就想分享。她只有周菲可以倾诉。

小项听到自己在电话里的声音几乎是颤抖的，声音里有一种遏制不住的欢喜，好像她突然得到渴望中的宝物，急于示人。

男人和男人不一样。小项说。

什么不一样。周菲说。

周菲听了很久才明白怎么回事。周菲从排练厅出来，听小项细说。

我高潮了，以前没有过，陈波很快。小项说。

周菲很吃惊的。小项和陈波结婚快五年了，并且有了孩子，小项竟然才知道女人的秘密。周菲本来想骂几句小项的，听了这话心就软了。这是小项应得的。她告诫小项，一定要小心，别怀上孩子，除非你打算和那个花花公子结婚。小项说，不会，我爱陈波。周菲冷笑一声说，你对陈波的爱很奇特。

英国教授是个中年男人，相当肥胖，他夹着讲义从教室门进来时，昂着头，摇晃着身子，步子结实，像一只在河边奔走的鸭子。英国人对中国戏剧界的情况并不了解，讲解得十分简单，属于低级课程。小项和卢一明同桌。卢一明小声对小项说，这些西方人，总是以他们为中心，居高临下看我们，以为我们还是蛮族呢。小项忍不住笑了一下。卢一明不太说话，说出来倒是一句是一句，甚至有些刻薄。这课确实无趣，小项的思绪就飞了。卢一明身上散发着热烈的气息，就好像小项身边置放着一只冬天用来取暖的火炉。想起昨晚的情形，小项一下子有了感觉，一股暖流从身体里流过。卢一明仿佛知道小项的心思，在课桌下拉住小项的手，在小项耳边说，昨晚你哭了。小项顿时耳根发烫。她感到昨晚自己确实有些失态，快感在她身体里爆炸时，令她猝不及防。她紧紧地握住他的手，她觉得自己的手会撒娇了。她甚至想掐疼卢一明。

卢一明不想忍受这种课，偷偷地溜出课堂。小项觉得教室里一下子变得空空荡荡。这之后，小项一直在玩手机，她希望卢一明会短信她，让她逃课。现在她不会再迟疑，她会毫不犹豫从教室里出去。也许对英国教授不礼貌，她无所谓，反正是"蛮族",没所谓的教养了。她专注于手机,听到有同学在和英国教授交流开放式舞台让每一个观众成为演员的可能性,同学认为这在西方行得通,在东方有难度,因为东方观众比较含蓄,不愿在公众场所放开自我。

小项在课堂上心猿意马地坐了半个小时,也偷偷地溜出课堂。到了教室外,她就发了一条短信问卢一明在哪儿,并告她也溜堂了。卢一明迅速回她,你在房间?小项回复,是的。

小项回自己房间,卢一明已站在门口。小项说,你这么着急?卢一明没吭声。小项想,这句话等于在说自己,是她这么着急,谎称自己已到了房间,好像怕他不会约她似的。

如果说昨天晚上小项的身体或多或少有些拘谨,今天她完全放松了。她想男女之间要想深入了解,最快的捷径莫过于上床。多年后,小项对这个想法做了修正,她认为上床谈不上彼此了解,只是发现了另一个人最私密的习性而已,至于他的思想、品性、为人处世无法在床上完全看清楚,而是需要日常生活。

既然课程是如此乏味,小项后来几乎每天和卢一明在偷情。她的身体变得十分敏感,动不动就会有反应。她觉得自己好极了,甚至觉得自己是个尤物。这两天她几乎没想起过陈波,倒是想起过韩文漾。她替他感到可惜,她认为他至少是想要她的,但他完成不了。他注定不知道她的好。

卢一明完事后喜欢抽烟。抽完一支烟,他会穿好衣服迅速离开,干脆利落。这让小项觉得他是个无情的人。不过小项没有多想,他带给她快乐就够了。在他面前,小项不再是骄傲的，她对他低眉顺眼。他拿出烟，她会替她点上，然后她靠在他身上，问他一些问题。这些问题其实没有必要问，如果她和他没有以后的话，这些问题并不存在，但她就是憋不住。她想自己好像又用情了。她问，你有很多女人吗？卢一明调皮地看了看小项，反问，你说呢？小项说，你是个坏蛋。卢一明说，别胡思乱想了，我没那么花心。小项说，我才不信。小项又问，你怎么会看上我？你一眼看出我是个容易得手的女人？卢一明说，你容易得手吗？看不出来，我见到你就喜欢上了你。小项不知道卢一明说的是真是假，很可能是逢场作戏，但还是有些感动，她主动亲吻卢一明。

有一天，卢一明突然问，你去过敦煌吗？小项摇摇头。卢一明陷入沉思，一会儿，他好像突然惊醒了一样，没头没脑地说，敦煌是个令人怀念的地方。

小项不知道卢一明为什么提起敦煌。不过她记住了这句话，记住了那个地方，记住了他说话的样子。那一刻他的目光是空洞的，好像敦煌本身就是个空洞的地方。在平常，他的目光都是坚定的，他看她时，她会觉得他的目光可以把她的衣服剥落，让她变成赤裸。她意识到，她和他只是在此时，她有过去，他同样有。她问，你为什么突然说起敦煌？

他没回答。他把烟掐灭，起来穿衣服。他除了和她亲热，不愿说起自己的生活。她却有自己的想象，敦煌一定有着他刻骨铭心的故事，敦煌对他意义非凡，而她让他想起了敦煌。她觉得她在他那儿更像是一个通往敦煌的媒介。

三天的培训很快就结束了。分手的那天早上，小项主动

让卢一明来她房间。他没戴套子。小项想，这几天做得太多
了，大概他都用完了。小项担心过怀孕，但她完全昏了头，
不顾一切接纳了他。小项放纵而悲伤，被一种垂死的情感控
制，好像末日来临，她和他从此再也没有未来。在激动的时
候，小项问，你会不会想我？会不会到永城来看我？

卢一明在点头。她敏感地意识到卢一明的敷衍。她想，
真相就是如此，对他而言，这只不过是一次艳遇。她的身体
突然僵住了。她感到痛感从下面传来。这三天她如此欢喜，
可这会儿，他宁愿他是陈波，赶快结束。她闭上眼睛，眼角
泅出泪水。

这次她没给他点烟。她命令他赶快起床，去药店买一盒
事后避孕药来。他有些迟疑（这迟疑也让她不快），不过还是
去了。她一直躺在床上耐心等待，一动不动，好像她的肉身
此刻是死的。半个小时后，他回来了。他变得比往日体贴。
他给她倒了一杯开水，从盒子里取出一片毓婷，递给她。他
说，这药伤身体的，你以后不能这么任性，我以为你是安全
的，否则我不会这么做。她点点头，心里涌出暖流。她想，
他还是关心她的。

小项回家的那天晚上，陈波早早把豆豆哄睡，想和她亲
热。她断然拒绝。拒绝的原因是下体不适。她怀疑那三天太
放纵了，被感染了。她甚至有些担心染上的是脏病。陈波在
一旁唉声叹气。她感到歉疚，有点怜悯他。透过窗帘的缝隙
可以看到那两棵巨大的银杏，枝繁叶茂。它们在西门街有多

少年了？小项曾听陈波说起过树龄，不过她忘了。陈波说，他小的时候觉得这两棵树一直通到天上，他有一个愿望，变成一只鸟，飞到树的顶端，去看看天堂的样子。四周十分安静，某些时候能听到豆豆的咳嗽声，陈波说，这两天豆豆支气管有点发炎，不过无大碍。小项紧紧抱住陈波，把脸贴在陈波的背上，说对不起，我有点不舒服，等身体好了再给吧。小项感到陈波的身体紧绷。陈波是个自尊的人，他轻轻推开小项，说去睡沙发，这样难受。小项差点流泪，为了不让陈波看见，她转过身，又轻轻说了声对不起。

第二天醒来的时候，小项吓了一跳，床单洇了一大片鲜血。她吃了毓婷，提前来例假是正常的，不过血流这么多她还是害怕。更害怕的是感染，若真染上脏病，这时候流血麻烦就大了。外科医生陈波也吓坏了，让小项去医院。小项不愿意去，陈波很坚持。是陈波开车送小项去医院的。她本能地坐在后座，好像怕陈波看出端倪。若真的是脏病，她该如何同陈波说呢？她脸色惨白。她看到陈波的脸同样惨白。她还发现陈波没把她送到自己供职的医院，而是去了另一家。陈波解释，那一家妇科更专业。小项意识到陈波是个敏感的人，怀着和她一样的恐惧。恐惧让小项神情恍惚，好像这车子里埋着一颗定时炸弹，随时会引爆。

这三天你在干什么？为什么打电话你老是关机？陈波问。

我不舒服，躺在床上，我可能生大病了。小项停了停，又说，陈波，要是我真的生大病死了，你会不会难过？

陈波回过头来，眼睛通红。他的手往后伸，握住小项的手，说，你不要胡说。

在去医院的路上，陈波一直拉着小项的手。小项想起在杭州卢一明拉她手的样子，觉得那一幕像是一个梦境，一点也不真实。陈波好像也在某种恍惚之中，他的车差点撞到对面过来的一辆中巴。小项挣脱陈波的手，说你专心开车。

检查的结果是没什么大碍，有中度的炎症，另外就是由炎症引起的例假混乱。谢天谢地，没有脏病。医生问，你最近吃了什么药物吗？小项连忙摇头，说没有。医生说，吃点消炎药，静养一些日子就好了。医生不知道陈波是同行，她严肃地对陈波说，一个月内不能有房事。又说，以后房事前要洗干净。这会儿陈波的脸是黑的，没听到医生的话似的，没有任何回应。

在医院回来的路上，小项想起卢一明，她拿出手机，给他发了一个短信，告知他来了例假。对方一直没有回。小项因此一直在看手机。快到家时，小项才收到回信，只有一个字，好。小项的心颤抖了一下，想，她分手时的感觉是准确的，他真的没怎么在乎她，他就是个老手，也许他第一眼就看穿了她，知道她盼着出一次轨，并不需要太花工夫。事实上，他确实没费劲就得手了。

日常生活中，陈波表现得非常好，下班准时从幼儿园或父母家把女儿接回，顺便买些菜，煮晚饭，然后一家三口一起吃。将近一个月，陈波一直躺在沙发上。小项通常会在睡觉前发一个短信给卢一明，问卢一明在干吗。卢一明往往如实回答，也会问候小项。小项虽然认为卢一明对她未必多有情感，可她还是指望着和卢一明交往下去。他们在杭州的三天中倒没说多少话，分别后才开始说些生活中的点滴。令小项遗憾的是卢一明没有一句温存的话，好像那三天在他生命中并不存在。小项有时候会觉得卢一明回她短信只是在应付她，心里面多少有些失望。可有时候卢一明会主动发来问候的短信，小项又兴奋起来。慢慢地小项习惯了这样的交流，并在这种不涉情感而又私密的交流里，得到乐趣。只要把个人的期望降到最低，只要把愿望当成事实，一切都可以在想象里变好。小项甚至想过，也许有一天，卢一明会突然出现在永城，特意来看望她。

周菲最近一直在排她的舞剧。小项抽空去排练场看周菲。周菲在台上忙。她们用眼睛打了一个招呼。小项在台下找了个位置坐下。他们正在排练其中的一个场景。小项听周菲说起过这个舞剧。周菲说，她不是女性主义者，不过她是女性坚定的维护者。周菲认为女性不需要同情，而是需要赞美。周菲没讲过剧情，不过小项猜测，剧情大概和周菲的生活可以一一对应。周菲排练的是家庭生活一幕，女主角以独舞的方式表达对丈夫的愧疚感。小项不觉有点羞愧。她回忆了一下，已有好久没关心陈波了。

在排练的间隙，小项和周菲聊了几句。小项问周菲什么时候会上演。周菲说，一直在变化中，她自己都不知道会排成啥样，她希望把她的生命感受表达出来。小项本来想谈谈卢一明，她以为一夜情不会生情，还是会的。她觉得自己太多情了。她想让周菲帮着分析分析。大概是刚刚看了周菲排练的片段，小项认为现在谈这事不太合时宜。这得要多无心无肝才行啊。和周菲告别时，小项说，戏挺不错的，我感动了，期待首演。周菲苦笑，只说赵总的老板出事了，可能会牵连到赵总，赵总那儿还有一半资金没拨过来，要是没有后续资金投入，这出戏可能就黄了。仿佛为了安慰小项，周菲又说，不过办法总比困难多是不是？

几乎是周菲戏里的模仿，有一天，女儿不在，陈波在厨房做饭，小项突然从后面抱住了陈波。陈波回过头来，诡秘一笑，说，医生吩咐过我哦。小项说，没关系，我应该好了。

陈波没回话。小项不放过陈波。陈波终于关掉了煤气灶，一把抱住小项，把小项扔到床上。

一会儿，陈波满头大汗地从小项身上爬起来，到厨房继续做饭。小项躺在床上，内心对陈波生出从未有过的温柔。她想，陈波终究是豆豆的爸爸，别的男人再好也是假的。

晚上躺下后，小项问起豆豆爷爷奶奶的事，说已有一段日子没见到二老了。陈波说，这段日子他们去东南亚玩了。昨天还打电话过来问豆豆想要什么礼物。小项沉默了。结婚这几年，在心里，小项并没有把陈波的父母当成亲人。陈波的父母倒是挺喜欢她的。这些年，二老一有空就满世界跑，回来时都会买礼物给她。她有好几只名贵的包是婆婆送的。

陈波说起小时候的一件事情。小时候在奶奶家，中午午睡时陈波总是溜出来，爬到屋顶上，看隔壁家的院子。童年时他喜欢隔壁家小阿姨，她是村里的小学老师，人长得特别好看。她的老公在城里开火车，要一个月才回家一次。有一个男人经常在中午到院子里来，每次来都戴一顶太阳帽，并把帽子压得很低。一会儿屋子里传来小阿姨的叫声。陈波以为她被那男人欺负，用屋顶的瓦片砸隔壁家。男人和小阿姨从屋子里出来时，手拉着手。陈波没认出那个男人。陈波一直想把这事告诉她的丈夫。

后来呢？小项问。

后来爸妈把我接回永城，我以为要在老家上小学的。陈波说。

你没告诉那个开火车的男人？

没有。陈波说。

一会儿，陈波又说，有一次火车司机回家，把我叫到一边，问起我是不是看见有男人找他老婆。他大概听说了什么。我什么也没说。他骂了我一句走了。

这天晚上，小项没合过眼，心里一直想着陈波的故事。陈波的故事意有所指似的，令她不安。不过她又想，一直以来陈波最喜欢说的就是童年往事，好像那是他此生最快乐的时光。

那年十月，小项去了一趟法国，是跟着永城小百花剧团一起去的。小项跟团做一些日常工作。其实也没她多少事，相当于单位给了她一次出国的福利。她是兴高采烈地出国的。

在巴黎的演出是此行的重头戏。虽是文化交流，但观众大都是华人。在海外，华人见到祖国来的人真是热情，演员们在整个演出过程中，感觉空前地好，有一种国内没有的盛大成功的幻觉。演出结束，华人们把他们包围，拍照，让演员们觉得自己成了大明星。

演出结束，演员们顺理成章地要求团长请客，吃夜宵。一行人选了一个韩国烧烤店。团里美女众多，以团长为核心，把团长包围住。在热烈的气氛中，女演员们用轻佻的口吻同团长说话，她们要团长烤牛肉给她们吃，有几个还要团长喂。这只是演员们日常的恶作剧。这些美人一个个都是开心果。团长倒是很镇定，她们提什么要求，他就怎么做。但看得出来，团长喂美女时，心里面是愉悦的。小项感到很好玩。她想起卢一明，给卢一明发了一张现场的照片。她给照片起了个名字：齐人之福。

周末一大早，周菲突然接到陈波的电话。陈波是从来不打周菲电话的。这么早接到陈波的电话，周菲愣了一下，生出不祥的预感。

陈波的声音听起来有些喑哑，嗓子好像充血了，不过他的声音依旧是平静的，合乎周菲熟悉的那个外科医生的形象。陈波问，小项外面有人了吗？周菲吃了一惊，说，不会吧，我没听她说起过。陈波又问，卢一明是谁？周菲想，糟了，外科医生都知道对方名字了。外科医生从来是精准的。周菲虽然听小项讲起过此人，不过没见过他，她就说，我不认识。陈波说，我看过小项的日记了，小项在日记里说，她同你说过这人。陈波的声音听上去像在述说某个病情的诊断报告。周菲是那种不会说谎的人，一说谎就结巴，她说，是吗？我记不得了。那边没吭声。周菲说，你在看她的日记吗？陈波说，是的，我一夜没睡，她外面有人了。周菲不知如何作答，她想了想，劝慰道，陈波你别全信啊，日记也许只是幻想，小项特别喜欢幻想，你知道的。那边沉默。周菲继续说，也许小项只是对某个男人有好感，这很正常，我也经常对男人有好感。陈波挂了电话。陈波显然不信周菲的话。

周菲知道事情严重，第一反应是给小项打电话。她得让小项有准备，并且最好让小项和她的口径一致。小项关机了。周菲想，法国那边现在还是午夜，小项应该还在睡梦中。周菲留了一条短信：小项，你看到短信，第一时间给我电话，有急事，先不要接其他任何人的电话。

那天下午一点半，周菲终于接到了小项的电话。也许是刚醒来，小项的声音带着一种黑夜的气息，略带四川口音的普通话有种性感的磁音。大概身处异国，让她有远离尘世的感觉，对周菲所言的急事，她压根儿没有往自己身上想，还以为是周菲出了什么事。

出事了？没有主语，但她的声音听起来是与己无关的。

是的，小项，陈波一早给我打来电话，他看了你的日记。周菲说。

周菲急着想同小项对口径，也想知道小项的日记究竟记了些什么。小项那边已发出哀叹，完了，陈波会发疯的。

然后就挂了电话。

有很长一段时间，小项呆坐在那里。有一些念头开始在小项的脑袋里清晰起来。她今年以来又开始恢复写日记，她把一切都写入了日记，全是纪实，并无周菲所说的幻想。她的日记藏在那只妈妈送她的盒子里，一定是陈波打开了它。盒子用小铜锁锁着，可陈波打开了它。陈波曾对她说过，他永远不会打开那只盒子的，他食言了。也许是她太忽略陈波了，陈波起了疑心。她对陈波太放心了。她今年才又开始写日记，她用力回忆，应该只有卢一明那一段，并未涉及韩文涤。但卢一明那一段足够刺激陈波了。

小项和周菲通完电话后，一直等着陈波的来电。陈波没有打来。小项不像陈波那样沉得住气，她打了过去。她本来以为有惊涛骇浪等着，但陈波并没有多说，只是说，难得出一回国，玩得高兴些。小项在电话里哭了，说，陈波对不起，我爱你。陈波说，你在说什么呢？小项又说了一句，陈波，我爱你。陈波笑了，说回来再说吧。

一件事是不是没说出就不存在？比如如果不记在日记里，比如如果陈波看了日记然后不捅破，比如如果从此后他们不再提起此事。就像刚才，陈波什么也没说。不说话就不存在吗？存在的，反而更加无处不在，反而比说出来还要沉重。

就因为陈波在电话里让小项玩得开心一些，小项就感到分外内疚，放下电话，她情不自禁哭了起来，好像失恋了一样。陈波的沉默或者高姿态只有一个指向，就是不原谅。

小项回国那天，是陈波去机场接的。从法国飞来的航班是午夜抵达永城的。那是一个雨夜，陈波开着小车穿行在湿漉漉的街巷。

我给你买了一双马飞仕图皮鞋。小项说。

一路上，小项想的不是马飞仕图皮鞋，而是家里那只装着日记和首饰的红色盒子。也许占据两个人心的唯有那只红色盒子，他们的沉默通过红色盒子进行着交流，只是太沉重了。

好像什么也没发生。豆豆睡了。小项进女儿的房间，亲吻熟睡中的女儿。眼泪还是没有止住。她把带给女儿的礼物——一只粉红色的邦尼兔，放在女儿小脸的一侧，好让她明天醒来有个惊喜。

小项回到房间。她看到那只红色盒子。它上锁了。锁换了，不是原来那把小巧的铜锁，而是普通的黑锁。那黑色像一枚核子炸弹，看上去非常小，但足以毁掉这个她栖身的只有百多平方米的小小的家。

然后就是洗澡，做爱。分外地激烈。陈波咬了她，陈波说，我爱你，你知道吗？我爱你，我没法想象没有你。小项说，我知道，我知道。小项本来也想说我爱你。在法国，在电话里，她这样对陈波讲过，现在她讲不出口，好像一出口就证明她是虚伪的。她任他咬，她感到身体的某个部位可能出血了，尖锐地痛，她忍住了，好像这会儿痛是她唯一的解脱。

一切同小项想象的不一样。她以为回国后他们会大吵一场，她做好被外科医生陈波狠狠揍一顿的准备（她甚至还想过他会杀掉她并肢解她），她会跪下来认罪，请求饶恕，她会向陈波保证，以后不会再犯错。陈波没给她机会。什么也没有发生，陈波甚至都没问她一句。

这不是小项理解中的陈波。陈波表面平静，只有她知道他有多偏执。他把什么都藏在心里。他的父母曾对小项说，他们从不知道自己的儿子在想什么，希望她能走进他的心。

小项知道事情没有那么简单。陈波打开的是一只魔盒，魔鬼被从盒子里放出来了，钻入了陈波的心里，它吸食陈波的精血，在成长。

之后的事就是在日常生活中生长出来的，慢慢把两个人带入深渊。小项想，这才是陈波，他的疯狂是阴性的，一点一滴，细水长流。

最初是他们亲热的次数变得频繁。几乎是一有机会（比如女儿不在），陈波就会抱住小项，不分场合和地点，有时候在厨房，有时候在浴室。过去陈波是温柔的，甚至是静默的，现在虽然依旧沉默，却变得无比粗暴，没有前戏。小项想，他这是在强暴她。是的，强暴，小项没有别的词语可以描述陈波的行为。恐惧已进入小项的身体，每一次拥抱，小项的身体都是僵硬的。小项觉得一切都是报应，她做了坏事，第一次对她的惩罚是让她感染并流血，第二次是老天把惩罚的权柄交给了陈波。

有时候是正常的。正常地温存，正常地静寂，正常地亲吻。这个时候小项是感恩的，希望陈波永远这样。即便如此，小项也没享受可言，那无处不在的恐惧让她的身体再也体会不到男女之间的乐趣。

一天晚上，陈波温存地亲吻小项，陈波突然说话了。陈波原本在床上不爱说话的，现在他在自言自语。一会儿，小项才听明白陈波在背她的日记，是卢一明占有她的内容。小项意识到，他们亲热的时候，陈波的脑子里都是小项的日记。这段日子陈波在模仿那个记在日记里的人。小项紧紧抱住陈波，哭了起来。小项想，他终于要说出来了，这就对了，让他说出来，让她来坦白，来认错，只有这样，她和他才是有救的。

小项说，对不起，对不起，对不起。

陈波说，你讲，他是怎么对你的。

小项说，我该死。

陈波说，你讲，我想听。

小项说，我日记都写了。

陈波说，我想知道一切。

小项说，求求你，饶了我吧。

陈波说，你讲了我才原谅你。

陈波在她身上粗暴蛮横。同时陈波也是软弱的，可怜巴巴的。他的目光既是疯狂的，也是渴望的（像一个渴望糖果的孩子）。小项心软了，她讲了和那个男人的细节。陈波起先是闭着眼睛安静地听着，然后突然掐住了小项的脖子。

小项后悔说出那些细节。这是对自己的再次伤害，也是对陈波的再次伤害。覆水难收，说过的话再也收不回来了。她其实早已知道，这个看起来平静的外科医生，内心一直潜藏着偏执和疯狂。

凡事都有自己的模式，一颗细小的种子会慢慢生长。性爱也是这样。小项尽量配合陈波，满足陈波的各种要求，可她心里明白，她和陈波的关系脱离了常轨，滑入了险境。

陈波总是能在小项说出的细节里，找出新的可能性。他会问出新的关于那个男人的问题。小项意识到，陈波虽然把那只红色的盒子锁上了，并且把钥匙交给了她，他还是在偷看她的日记，他自己留着一把钥匙。日记里的每一句话对陈波来说都是问题，需要小项去填满并界定他无边无际的想象。如果小项不说，他就折磨她。自从小项讲述过一次后，陈波开始骂她贱货。小项刚开始觉得刺耳，感到羞耻，不过不久就适应了。她认为自己确实是个贱货。她如此轻易，怀着莫名兴奋，让一个几乎是陌生的男人占有了她。在某种气氛下，小项觉得自己的罪在贱货这个词语里得到赦免，同时让她激发出一种宽泛的母爱，拥有坚韧的承受力。

当小项的身体布满了伤痕时，已是冬天。小项清醒地意识到，他们不该如此下去了。她知道，陈波病了，陈波被一种邪恶的欲念控制了。

陈波，我们还能在一起吗？小项问。

我没想过这事。陈波说。

你不会原谅我了，陈波，我把一切都毁掉了。小项说。

陈波没吭声。

我们怎么办？

我不知道。

我们是不是要看看心理医生？

陈波坚决不去。小项知道陈波不会去。一个外科医生怎么可以去看心理医生。

我们得把一切都忘记。否则我们没有未来。小项说。

让我想想。

这样的时刻，陈波的表情像个孩子，软弱，不知所措。小项并不指望陈波会想出什么办法，心里已做好离婚的准备。也许陈波所做的这一切都是因为爱她，也许她为了豆豆也应该守住这婚姻，但小项清楚地知道，目前这种状况只会带来毁灭，对谁都没有好处。

一整天小项都没见到陈波。陈波开着车出去了。傍晚，小项给陈波打过电话，想问他是不是回家吃饭。陈波没接。夜里十点多，陈波回家。陈波的表情庄严而圣洁。小项又看到了过去那个熟悉的陈波。陈波告诉小项，他坐在永江边想了一天，他离不开小项，打算原谅她。他说，他不想再想起小项那三天所做的一切，与那三天有关的东西不能出现在他们的生活中。陈波要求小项删去周菲的电话（卢一明的电话及信息早已删除），从此不再同任何知道此事的人往来。关于日记的处理，陈波说，找一个隐秘的地方，把这只镶着象牙月季花的红色盒子埋藏。

埋藏这只红色盒子，小项是理解的。如果陈波把心里的魔鬼捉出来，关入盒子里，埋在地底下，也许陈波的心魔就消了。有一件事小项不能理解。小项想烧掉那本日记本，至少把那三天的内容烧掉。陈波不同意。陈波说，我记得上面每一个字，烧不掉了。

埋那只红色盒子陈波搞得颇具仪式感，好像那红色盒子是一口婴儿的棺材。陈波和小项开车去了一趟陈波的乡下老家，老宅有一个院子，院子里有一棵苦楝树。他们在苦楝树下挖了一个坑，把那只红盒子埋了下去。在埋下的那一刻，小项望了望天空。天空碧蓝。那一刻小项觉得自己的身体好像被洗净了一样，既轻盈又干净。她心中涌出新的希望。

小项从乡下回来的第二天，永城下了第一场雪。雪来得很猛，一下子盖住了大地。在南方，雪因为稀少而令人兴奋。单调的白把绿色和建筑都覆盖了，大家都很高兴，很多人冒着雪，在雪地上奔走，呼喊，一个个像孩子一样。就在雪天，小项约见了周菲。

她们有一段日子没见面了。小项回国后一直没和周菲联系。小项接到过周菲的电话，问和陈波的事处理得如何。小项在电话里简要和周菲说了一下，告诉周菲，等她处理好了，会联络她。

小项注意到周菲见面那一霎吃惊的表情。周菲的表情是一面镜子，照出了小项此刻的状态。小项低下了头，说，你的戏怎样了？

周菲没有回答，周菲问，小项，你怎么这么憔悴？

周菲伸出手，把小项的衬衣领子拉开。小项本能地把领口护住，她不想让周菲看到身体上的伤疤。周菲没放过小项，小项脖子上的血痕完全暴露在周菲眼前。

他弄的？周菲问。

小项再也忍不住，失声痛哭。周菲紧握小项的手，说，他怎么可以这样对待你。

小项说，我不怪陈波。是我对不起陈波，把陈波毁了。我那段日子也是鬼迷心窍，就想尝试陈波以外的男人。如果陈波能原谅我，我什么都肯做。

　　小项说，好在陈波是爱我的，我和他一起在努力恢复正常的夫妻关系。我们打算从头再来，因此，我得删除同杭州有关的一切。小项说，我答应了，这次见面后，我会把你的电话删掉，不再见你。你不要再打我电话，我不想再出错，如果陈波看到我们有联系，陈波会旧病复发。

　　周菲问，你因为这事才找我的？

　　小项点点头。

　　周菲说，小项，你是个傻瓜，我不知道怎么同你说，我不会删掉你的电话，你哪天需要我，一定要打电话给我。

　　整整一年，小项几乎断绝了社交，一下班就回家。陈波也是。他们都在尽量忘记那件事。

　　这一年，外科医生陈波变得越来越消瘦，他竟然开始脱发了。也许是他纠缠于她身体的次数太多，简直不知餍足。也许是工作太辛苦了。小项担心陈波在手术台上会出什么事故。那是陈波的立身之本，要是出个差错，陈波这辈子就完了。好在作为外科医生的陈波是理智而冷静的，他在手术台上的专注无人能及。他在医院里的声誉超过了他这个年龄应得的。他广受病人信任。

　　有一天，有一个女人从另外一个城市来找小项。那是一个难掩悲伤的漂亮女人，她直接来到小项的单位，递给小项一封信。信的封口完好。小项看了一眼信封，上面有收件人和寄件人的地址，收信人是小项。小项马上意识到对面的女人是谁。

在办公室接待这个女人显然不合适。小项把她带到台里的休闲区，那儿有一个咖啡室，平常人不多，很安静，不会被人打扰到。

她猜不透这个女人的到来意味着什么。不过，她倒不慌张，不会有比陈波发现她的秘密再坏的情形了，而且她觉得这个女人的到来并无恶意。

没有任何客套和铺陈，女人告诉小项，卢一明死了，死于一次车祸，在高速公路上，被一辆失控的大卡车撞飞。听到这个消息，小项一时没反应过来。小项当然猜到坐在面前的这个女人的身份。小项看得出来，她并不是来算账的。那女人告诉小项在撞飞的车内还有另一个女人。

他风流成性，也许你知道。那女人说。

女人喝了一口咖啡，说，她很冒昧来找她。这信是从他的遗物中找到的。应该是一年前写的，没有寄出。女人说，她没看这封信，本来想烧掉的，又觉得应该把这信转给属于它的人。

也许对你很重要。我没见过他给谁写过信，可能在他心里你不同一般。见到你，我明白他为什么给你写信了。她说。

女人没有久留，很快就走了，好像害怕听小项讲述与卢一明有关的往事。她离去后，小项突然像被抽空似的全身战栗，眼泪瞬间汹涌。要是这个女人不来，小项几乎快忘记卢一明了。她不但删除了手机上他的信息，也删除了在脑子里他的记忆。现在他一点点在黑暗中浮现，她记得即便在亲热时，他的目光也是茫然的，好像他的灵魂不在现场。她意识到自己所受的苦，同这个男人有关。现在这个男人死了，但并不等于一切消失了，这个男人还将出现在她和陈波日复一日的生活中。她不知道自己是在为他难过还是愤怒。

小项决定不打开这封信。她得遗忘一切。遗忘才能自救。要是陈波可以遗忘就好了——她知道陈波并没有遗忘。像那个女人一样，她想过烧掉这封信，不过最终还是保留下来。她把这封信锁在单位写字台最深处。

那天回家，陈波似乎觉察到小项神色有异，问小项出了什么事。小项故作轻松，说没事。陈波并没有相信。安静的外科医生陈波，现在变得越来越多疑。晚上，陈波在翻箱倒柜找什么。陈波说，他在找一本刊载他医学论文的杂志。小项知道不是的，他的病又犯了。他的头脑有幻觉，他总是怀疑小项隐藏着什么。

生活在继续。陈波在努力。陈波偶有失控，但失控后，总是痛哭忏悔。好在她和陈波都爱女儿。小项一直觉得女儿长得不算好看。她和陈波长得都还算周正，豆豆几乎没有遗传他俩的优点，不受控制地长成了另外的样子。小项有时候会感叹，豆豆真的是不起眼的小孩。这让小项不太愿意让单位的同事见到女儿。她或多或少有点虚荣心的。

那一年，豆豆突然变了，眉眼儿长开来了，原来塌鼻子也隆了起来，眼睛也变大了（豆豆原本眼睛看起来像细小的一条线）。老师特别喜欢豆豆，说豆豆继承了妈妈的天分，唱歌跳舞都特别好。连豆豆的爷爷奶奶都发现了豆豆的变化。

奶奶说，都说女大十八变，豆豆这么小就从丑小鸭变成了白天鹅。大约亲情之外，人还是喜欢漂亮的小东西吧。豆豆的爷爷奶奶一辈子享受惯了，不爱自己做饭，经常下馆子。最近二老下馆子喜欢带上豆豆。

生活一如既往进行中，表面上风平浪静，只有小项知道，恐惧并没有从她心里退去。她猜不透陈波脑子里在想什么。有一天，陈波问小项，你说豆豆像谁？不像你也不像我。小项开始以为陈波开玩笑。陈波是严肃的。小项这才隐约感到另一种怀疑开始侵入陈波的思想。

不知从什么时候起，陈波对女儿变得冷淡了。他不怎么愿意接女儿，借口现成有的，比如临时有个急诊手术之类。小项不会开车，只好踏着自行车去接豆豆。小项有活动时是非常忙碌的，她抽不出时间时，只好麻烦豆豆的爷爷或奶奶。二老接了几次后就觉得生活被打乱了，就出钱雇了个专门接送豆豆的阿姨。

陈波着迷于和小项做爱，好像唯有如此他才是安心的，他才确信自己拥有小项。这一年来，小项对性事已没有一点兴趣。但她从来不拒绝。虽然陈波有时候会控制不住动粗，她也忍了。这是她欠他的。他们亲热的时候，偶尔豆豆会来敲门，陈波迅速从小项身上爬下来，穿着短裤，训斥豆豆，并把豆豆锁到自己的房间里。小项听到隔壁房间传来女儿的哭声，对压着自己的陈波说，陈波，我求求你，你一直对豆豆好的啊，你怎么啦，她是你的骨肉啊，你对豆豆好一点好不好。

　　陈波用怀疑的目光看着小项。小项的内心冰凉冰凉。小项再次确认，某种怀疑侵蚀了他的脑子，控制了他的情感。小项想，难道他在怀疑豆豆不是他亲生的吗？自己的初夜都给了陈波，陈波是知道的呀。他们结婚不久就有了孩子，如果这也怀疑，陈波真是脑子有病了，是病入膏肓的病。

　　当小项意识到陈波的疑虑，她想过做一个亲子鉴定打消陈波的心魔。又想，陈波从来没有说出过他的疑虑，如果她提出来，陈波一定会觉得被冒犯。即便陈波亲口同她讲他的怀疑，她提出这件事，陈波也不一定会同意。

　　豆豆生日那天，陈波对女儿特别好，特地为豆豆买了新衣服和一个火车玩具，蛋糕是陈波下班时带回家的，陈波一边亲豆豆，一边喂她蛋糕。豆豆对陈波的突然亲昵受宠若惊，不知如何反应，只好无助地看着小项。不过豆豆马上适应了，毕竟是亲爹。后来豆豆开始拍陈波的马屁，表情近乎谄媚。小项看了很伤感。

　　小项从豆豆的口中得知陈波带她去了一趟医院。是爸爸的医院吗？小项问。不是，是开车过去的，很远的医院，在另外一个地方。爸爸让我不要告诉你。豆豆说。医生从女儿的口中提取了一些唾液，并剪了一撮头发。陈波也是。他们在医院里等了半天。当陈波看到报告单时，泪流满面，紧紧抱住豆豆。豆豆不知道爸爸怎么了，她问，爸爸，你要死了吗？陈波摇摇头，说，爸爸对不起你。

　　小项感到无比委屈。她大哭一场。在痛哭的时候，小项明确意识到这个家庭已经破碎了，她得离婚。回顾这一年，她自己都惊奇自己是怎么熬过来的。现在好了，陈波已确认女儿是他的骨肉，就这样分手吧。放过彼此，对谁都好。

我们再在一起，会是悲剧。陈波，你放过我吧，我看不到希望。小项说。

起初陈波不肯。他认为他和她正在变好，并且会越来越好。这在小项的预料之中。陈波对她有一种偏执的迷恋。有时候小项觉得这种迷恋未必是真正的爱，可能是她对他的伤害造成的。可怕之处就在这儿。小项从来是有决断的，只要她做了决定，她就会迈出这一步。小项觉得从此后她不再欠着陈波了。她在外面租了一个小房子，先搬出去住。至于女儿豆豆，是一个难题，她不知道如何向她解释。她还小，什么也不懂。她知道离婚对孩子的伤害有多重，她自己就是一个例子。她实在没有办法了，她非如此不可，她得离开陈波，否则对这个家，对她和陈波都是灾难。她决定把女儿留给陈波，她断定现在女儿是陈波生命中最重要的人，陈波会小心保护她。她当然会来看女儿。总有一天女儿会明白的。多么悲哀，自己的悲剧还是降临到女儿身上。

虽然还没有正式离婚，还是惊动了陈波的父母。一天，陈波的母亲来到小项的租屋。陈波的母亲是从豆豆那儿听说的。豆豆告诉奶奶妈妈搬出去住了。不久前，小项还对豆豆撒过谎，说自己这段不住在家里了，因为工作很忙，还经常出差，不过会随时来看她。看来豆豆年纪虽小，什么都懂了。陈波的母亲是个直性子的人，她说起自己此生最后悔的一件事就是把陈波放在乡下老家，让陈波奶奶带大。她说，那会儿他们都太忙了，没办法。陈波对他们不亲，心里有怨气，接回城里后他几乎不同他们说话。他们从来搞不清陈波在想什么。说到这儿，陈波的母亲，这个开明的知识分子流下泪来，她说，豆豆说陈波一直在欺负你。其实我早发现了，你这两年身上经常有伤，我看着都心痛。我不知道你们夫妻怎么了。陈波一直对你好的啊，他脑子出问题了吗？

小项没回答。她说不清楚。听到陈波的母亲这么说，她还是有点感动。至少她是理解的。她没有站在陈波的立场上骂小项。

我担心的是豆豆。你们是大人离就离了，可豆豆怎么办？陈波虽是我的儿子，可豆豆跟着陈波我不放心，我担心会把豆豆毁了。陈波母亲说。

这是劝和的一种方式吗？婆婆是想让小项回心转意回家吗？听了陈波母亲的话，小项不是没有犹豫。她觉得婆婆说得不无道理。但她真的无法再回去了。她说，陈波对豆豆好，是真的好。豆豆也和陈波亲。

你看问题太表面了，我研究海洋生物的，海洋生物为了自保都懂得拍马屁，何况小孩子？你不觉得豆豆更信任你吗？婆婆说。

婆婆说她找过陈波，谈过豆豆的问题，如果陈波和小项最终离婚，希望女儿让小项来养育，陈波坚决不同意。陈波还说，他和小项只是分居，不会离婚，他也不会同意离婚，让他们不要操心。后来陈波的母亲退而求其次，说不离婚是最好的，假设一定要离，陈波不放心小项带豆豆的话，索性他们来带。陈波母亲说，他们小时候没带过陈波，把陈波放在乡下，算是他们欠陈波的，他们在豆豆身上还。陈波沉默了，黑着脸，不再回答母亲一句话。

那天的谈话没有任何结论。小项没弄清楚陈波母亲找她的目的。传达的信息量是够的。这个海洋生物研究者把所有的问题都摊在小项面前了。

这天，小项特意去幼儿园接女儿，带女儿去她最爱的肯德基吃饭。吃饭时，小项问豆豆，如果爸爸和妈妈分手，你愿意跟谁？豆豆埋头吃着鸡翅，说，我不想你们分开。

小项和陈波分居了一个月后，陈波居然奇迹般地想通了，他同意离婚，并在离婚前给小项买了一套二居室的房子。那是一个周末的早上，陈波敲开了小项的租屋，带小项来到永江边的一个小区。陈波说，有一户人家要出国了，急着出售房产，我想买下来给你住。你不能住出租房，太委屈你了。小项知道陈波是有钱的。关于钱的来历，小项不是太清楚，也许陈波的父母给了陈波一部分积蓄。那房子很好，在永江边，可以看得到江景，房子装修风格简洁，很符合小项的审美。陈波见小项满意，就买了下来，房产证上是小项的名字。小项很感动，她觉得陈波真的是在乎她的。

办离婚手续的那天，陈波要求，女儿归小项。小项很吃惊。她一直以为陈波舍不得女儿的，一定会把女儿留在身边。陈波的母亲也这样说过。小项说，我当然要豆豆，你当真？陈波说，豆豆跟着你更好，毕竟你是母亲。

小项以为是陈波的母亲做了工作，后来她敏锐地意识到陈波在这件事上有他的心思。他不是真的不要女儿，他只是让女儿困住小项，让她不去找别的男人。在陈波的潜意识里，他们这个家分开只是暂时的，随时都可能破镜重圆。

小项深究自己的内心，她其实也是希望这个家庭不要破碎。在她心里，她依旧认定陈波是对她好的。陈波是个可怜的病人，只是控制不了自己而已。

小项带着女儿豆豆开始单身生活。有一年时间，虽然有女儿作陪，她的生活可以用"寡居"来形容。

她和周菲恢复了从前的闺密关系。小项把周菲的电话删掉了，她从朋友那儿问来周菲的电话，打电话给周菲。小项说的第一句话是，周菲，我离婚了。

周菲和小项在三江口一家咖啡馆见了面。周菲说，小项的气色比上次好很多。一年半之前的那次见面，小项简直不成人形。这次小项打扮得体。她穿着一件深咖啡色中式套裙，胸口点缀细小的白色花朵，雅致纤秀，她不着痕迹地施了粉黛。离婚后，小项的状态大有改善。

周菲这段日子并不顺心。赵总终于出事了。不过他还算有信义，在被抓之前想办法把答应给周菲的另一半捐助打了过来。很快赵总便判了刑，八年。周菲知道赵总只是白手套，但他什么事都自己揽了下来。其实没用，那位公子也没逃过法律制裁，再也无法帮他了。她去看过他几次。他气色越来越差。他说，他可能生病了，以前他肺部有结节。周菲担心他的身体，通过关系让赵总出监做了一次检查，查出是癌变。

周菲帮他办了保外就医。

幸好发现得早,他还有救。周菲说。

治好了?小项问。

医生说没大碍了,不过医生挺帮忙的,一直开诊断书给狱方,所以一直保外就医着,没再进去受苦。周菲说。

小项说,这个赵总吧,眉清目秀的,人品不错,怎么会给那公子哥做白手套呢?

周菲说,知遇之恩吧。一次在酒吧,公子被流氓围攻,赵总当时也在,并不认识公子。他救了公子。后来公子对他特别好,他一下子变成了人上人。

小项说,唉,以为是福,哪知惹的是祸。

周菲说,都是命。

小项说,这赵总是喜欢你的。

周菲不语。

小项问起周菲的剧,你排得怎么样了啊?你得提速。

周菲显得有些烦恼,说,越排脑子越乱,总是没达到预想的效果,我都怀疑自己是不是废了。

离婚后,陈波每周都到小项屋里吃一顿饭,也是为了探视女儿。陈波喜欢去学校接豆豆,有时候他和豆豆会在外面吃,再把女儿送回永江边小项的居所。有一次,陈波向小项求欢。小项拒绝。小项说,这是不可以的,我们离婚了,这算什么呢?陈波就抱抱小项,在小项额头亲吻一下,赞美小项,你现在越来越漂亮了。小项轻轻把陈波推开。

秋天的时候,陈波来看女儿,带了新女友,一位幼儿园老师。虽然是可以预料的，但小项心里一直没想过这件事，没有思想准备，因此有一点点震惊。一会儿她明确意识到她和陈波之间的句号出现了。小项意外地发现自己的潜意识里竟然没有这个句号。那女孩很乖巧，适合陈波。陈波说，是她一定要来看看你和豆豆。我想，也行。那天，小项做了一桌的菜款待陈波和那女孩。吃完后，那女孩和豆豆去玩了。豆豆似乎很喜欢那女孩。大概做幼教的懂小孩的心思，容易笼络孩子。陈波来到厨房，问小项，这女孩怎么样？小项说，挺好的，安静，善良。陈波说，你这么说我放心了。爸妈一直逼我，要么和你复婚，要么找一个结婚。我来听听你意见。小项说，你结婚吧，这么好的女孩哪里去找。

　　小项对自己的单身生活突然厌倦了。单身生活总归是辛苦的。小项也算是美女，离婚的女人免不了会有人试探。那些在社交或工作中所碰到的男人，大都算得上是成功人士，她不动心，好像寡居对她而言是一种安慰。在潜意识里，她也许想以此惩罚自己。现在她想，也许有个家庭也是好的。

　　秦少阳是位留美海归，在一家上市公司做文化总监。上市公司三十年年庆，需要搞一台晚会，通过朋友介绍找到小项。小项第一次见秦少阳竟然想起韩文涤，并不是两人多相像，完全不像，想起韩文涤小项自己都感到惊讶。秦少阳下巴的胡须刮得干干净净，有着中国男人少见的天真气质，笑起来特别灿烂。他们在工作中相处得非常愉快，好像彼此认识了一百年。接触多了，小项对秦少阳的个人生活有了一些浅层了解。小项以为像秦博士这种人，温文尔雅，事业有成，应该早就结婚生子了，没想到还是单身。小项笑道，你是钻石王老五啊，我一定要替你找一个配得上你的美女。秦少阳目光灼灼地看着小项。

他们认识一个礼拜后，秦少阳单独请小项吃饭。秦少阳说，我带你去一个好玩的地方，放松一下。结果他们来到永江旧码头停泊的一艘客轮上，那客轮已改装成一家高档西餐馆。跟着秦少阳走进一间小小的包间，小项想这儿哪里算得上是好玩的地方。小项发现秦少阳有些表达并不准确，可能在美国待久了，习惯于用英文，汉语相对贫乏了，或者可能是美国那地方实在太乏味了，国内什么地方都变成好玩的了。他们坐在包厢里，包厢里点着蜡烛。酒还没喝，秦少阳脸已红了，竟有些腼腆。秦少阳似乎为了让气氛轻松一点，指了指窗外，宽阔的江面上零星漂过几只货船，发出带着水汽的马达声。红酒醒好了，秦少阳从服务员手中接过盛酒器，替小项和自己倒上。秦少阳一下喝干了酒杯里的酒。小项对秦少阳特别好奇，她带着好玩的观察的表情看着他，她不知道这个有绅士派头的男人今天会不会喝醉。小项没想秦少阳会向她求婚。

小项，我想娶你。秦少阳借着酒劲说。

小项并不认为秦少阳是认真的。男人都差不多，需要上床时甜言蜜语，从床上下来后，那些话就像刮过的风，不着痕迹。小项笑了，说你们美国人对待婚姻这么随便的？秦少阳目光坚定，好像并没有听小项说什么，他说，我第一次见到你就想娶你，我觉得你什么都好，你就是我一直等着的人。

说完秦少阳又喝了一杯酒。小项突然有点感动，她看出他是认真的。她笑说，你喝酒才这么说，酒话谁信。秦少阳说，我可没醉。小项笑了，她对他不无好感，在他面前她一直是放松的。她伸手抚摸了一下他的脸，温柔地说，我没有你想得那么好。

自然他们在一起了。小项本来不指望他们的关系是长久的，到那台晚会成功演出后，秦少阳和小项还在一起。

因为在秦少阳那里特别放松，小项喜欢在他们亲热后倾诉自己的过往，当然是有选择地讲。她没讲韩文涤。更多讲了卢一明。陈波也有涉及。陈波对小项而言不堪回首，不想多讲，但总归还是要讲到的，否则秦少阳理解不了她和陈波何以离婚。卢一明不一样，某种意义上这个人改变了她的人生。况且卢一明死了，死是一种赦免，原本故事里的轻浮自觉地被过滤了，她可以更庄重地讲述她和他的故事，讲述那三天她和他不知餍足的青春往事（小项觉得同现在比那时候无论身心都年轻，虽然那时候她已为人妇且有一个女儿）。她还讲了他某一天奇怪地提起敦煌，她说他虽然语焉不详，可她觉得敦煌对他来说一定很有意义，同他的生命密切相关。小项还提到卢一明在高速车祸后，他的太太来看过她，带来了一封信。小项以为讲这些事可以把秦少阳吓跑。没有。秦少阳安静听着，目光充满理解和温情，好像这才是他想象中的小项。秦少阳对那封信有好奇心，他问，信里都写了什么？小项说，我没拆开。为什么要拆开呢，没有任何意义了。秦少阳说，你害怕知道信里内容？小项摇摇头，不害怕，我只是不想看。

她不问秦少阳的经历。她不想知道他任何过往。

他们开始有伴侣的感觉了。他们一起逛街购物，一起下馆子吃饭。有时候带着豆豆，豆豆不排斥秦少阳（也许家庭变故让豆豆变得没有安全感，所以对有可能进入自己生活的人她都小心讨好。这么小的孩子，心计这么深）。他们三个走在街上像一家三口。秦少阳经常替小项买单，小项不是个占便宜的人，她算得很清楚，她也总是给秦少阳买礼物，价值大致相当。吃饭当然是秦少阳付，小项认为这理所当然。

女儿已在寄宿学校读小学。秦少阳有时候会在小项那儿留宿。小项和秦少阳在一起看电视。有一天，小项在电视新闻上看到了韩文涤。小项听说过韩文涤去省城任职了。在电视上看到他还是第一次。那天他在接待外宾及其夫人。他的夫人在陪。小项见到了传说中他美丽的夫人。确实是个美人。笑容是标准定制式。看到这一幕，小项心如止水，平静得连她自己都吃惊。

你认识他？秦少阳问。

他曾是我的上司。小项说。

秦少阳没再问下去。

他升官升得真快。小项又说。

大多数时光秦少阳会赶回自己的住所。那上市公司不在市区，他的住所离市区有点远。秦少阳出门的时候，小项会想想秦少阳和她的关系。秦少阳已不下三次催促小项，尽快确定婚期，他说，这样他才安心。他还说，我怕有一天你在我的生活中消失，我找不到你。小项说，怎么会，我有单位啊，这房子也不会飞走，你随时可以找到我。每次，秦少阳离开后，小项会抱住枕头，这枕头还透着秦少阳的体香。他是小项碰到过的最干净的男子，温存体贴，他们的身体也相处得非常和谐，身体彼此寻找、探索，总能发现意外的惊喜。小项感到自己都有些依赖他了。有一天，秦少阳对她说，如果你有一天离开了我，我会不知道怎么生活，生活会失去意义。小项听了不免感动，可是在秦少阳面前，小项从不表露自己对他的依赖，好像他们随时都可能分手，好像他们的亲密关系仅止于性。只有当秦少阳走后，她的心里才涌出怜惜。她抱着枕头说，你这个傻瓜。

六月的一个晚上，周菲断断续续排了三年的舞剧终于公演了。舞剧名一改再改，最终定名为《妇女简史》。想起这部剧，小项真心觉得不容易。周菲为这舞剧耗尽心血。小项蛮佩服周菲的耐心和毅力。一个人只有如此专注才可以有收获吧。也只能说收获，还谈不上成功（至少现在还不能说成功）。不过什么又算是成功呢？

小项和秦少阳一起看了《妇女简史》。这是小项第一次完整看这出剧。这是一个男人和一个女人既相濡以沫又彼此折磨的故事。主题大胆，有赤裸的性，也有残忍的暴力。两个人慢慢走向自我毁灭，走向彼此的祭坛。在舞剧的高潮处，舞台漆黑，整个剧场漆黑。突然一束光从天而降，背景中出现一尊高大的佛像，光线好像是佛像散发出来的，一男一女两个舞者把手中的刀子刺入彼此的心脏。拿着蜡烛的诵经者从舞台四面八方拥入，围着两具尸体，佛经的吟诵声慈悲、庄严，又带着一些恐怖的气息。这时候，大佛内响起敲击声，声音大到把诵经声完全盖住了。刚才死亡的一对男女死而复活，他们忘记了一切，开始了他们的舞蹈，回到舞剧开头的那一幕。不过，现在他和她的四周都是诵经人，他和她跳到每一个诵经人那儿，都会发出刚才的敲击声，好像他们此刻正在佛的肚子里。

演出非常成功。一定有很多人当面祝贺周菲。小项觉得在这样的场合，她就不去凑这个热闹了。她给周菲发了一个短信，由衷地赞美她。好几处，我看到了自己。小项说。

小项和秦少阳出来的时候，小项还沉浸在舞剧的气氛中。她没想到周菲编导了这么一出令人毛骨悚然的舞剧。小项和秦少阳不由自主地拉着彼此的手，好像唯有如此才可以得到安慰。小项不想说一句话。秦少阳似乎知道小项的心思，也没出声。仿佛那舞剧还在继续演出，好像他们一出声就会中断故事的进程。快要离开剧场时，秦少阳轻轻说了一句莫名其妙的话，哪天我们去看看敦煌。

在剧院外面，小项骤然撞见陈波。小项没想到陈波也来看了。难道周菲也邀请了陈波吗？陈波这会儿黑着脸，看着小项。小项意识到陈波在等她。陈波的小女友无助地站在一边，目光里有愤懑和委屈。显然这之前陈波已和她闹得不愉快了。

陈波把小项拉到一边，质问小项，那男人是谁？小项说，你干吗啊，同你有什么关系？陈波说，你怎么能这样？小项说，你醒醒，我们离婚了，你只是孩子的爹。陈波说，我不同意你同这个人交往。小项指了指陈波的女友，说，快回到她那儿去吧，当心她跑了。陈波说，我不在乎。

小项不想再理陈波，拉起秦少阳上了车。秦少阳埋头开车，一直没问，偶尔看一眼小项。小项表情严峻。小项说，刚才是我前夫。秦少阳说，我猜出来了。小项怕秦少阳担心，说，他没别的事，问我豆豆的事。秦少阳显然不信，目视前方，朝永江边小项的寓所开去。

一会儿，他们到了小项的家。秦少阳似乎有想走的意思。小项说，晚上你住我这儿吧。周菲的戏让人不安，你陪陪我。

他们正在亲热的时候，屋子的门被擂响了。小项马上意识到是陈波。她想，他真是个疯子，他怎么可以这么闹。小项对自己的身材很自信，并没穿衣服，来到客厅。门外传来陈波的声音，小项，你开门。小项说，男友在，不方便，有什么事，明天你来单位找我。陈波说，我不相信，你让我进来。小项说，你这是干吗，为什么要这样。秦少阳也从房间里出来了，不过他穿好了衣服，他有些胆怯，这个青年时期在美国成长的男人显然没碰到过这种场面，他担心小项把陈波放进来，他们之间会有一场决斗。

小项对秦少阳使眼色，让他说话，证明屋子里确实有男人。秦少阳想了半天，结结巴巴地说，你好，我叫秦少阳，是小项的未婚夫，只要小项同意，我随时准备娶她。

小项差点晕过去。她想，这位博士真的是书读多了，太老实了。

门外再也没响起敲门声。过了半个小时，小项意识到陈波走了。不过她并不确信，陈波固执，天晓得他走没走。也许在楼下的小区里辗转徘徊。小项又想，他们离婚了，离婚后陈波变得正常了许多，有时候他来看小项，小项甚至觉得他比以前开朗，也会开玩笑了。他应该不会如以前那样做出疯狂的事来。她希望自己是想多了。陈波有了女友，他们会结婚，会有一个孩子，会从此过上幸福的生活。

第二天，秦少阳一早走了，他要赶到郊区上班。小项打扮好，下楼时，发现陈波站在不远处，脸色苍白而憔悴，眼眶深陷，神色痛苦，目光迷茫，却又有坚定的疯狂。自从陈波带女友来过小项家后，在她的感觉里，她和陈波已画上了句号。现在看来，这个句号并不是句号，只是一个长长的省略号。小项想，陈波的心里依旧还装着她。这是一种什么样的心理呢？他们分开了，事实上，分手后，他们友好相处，对彼此都是解脱。陈波为什么要这样？

小项假装没看见他。陈波不放过她，陈波拉住她，说，我决定了，我们复婚。小项愣住了。昨天晚上，小项总是想象陈波像一个幽灵一样在小区里徘徊，她一夜没睡，她的体能和精神已达崩溃的边缘。她突然感到愤怒，她吼道，你凭什么？凭什么你想干吗就干吗？发了一通脾气后，小项抑制不住大哭起来。陈波站在一边，安静地看着小项。

后来的一段日子，陈波没再来找小项。小项听说陈波和那位小女友真的分手了。有一天，小项路过那幼儿园，那女孩正站在门口的游乐场，她看小项的目光充满敌意，还带着些许嘲弄，和小项先前印象有很大的落差。小项有些恐慌，赶紧离开。那女孩走出来，叫住了她。那女孩说，我知道你的一切，陈波和我每天讲的都是你。小项停下来，既然都说到这儿了，干吗不深入了解一下内情呢。那女孩继续说，你前夫疯了，他不会让你和你的海归男友心想事成的。小项问，他想怎么样？那女孩说，他是医生，他有的是办法，你让那海归男友当心点吧。小项非常吃惊，愣住了。女孩说，我是好心，当心点总是好事。

小项没有把那女孩的警告告诉秦少阳，免得让秦少阳担惊受怕。

陈波好像失踪了，连周末也没来看女儿。这不正常。小项不禁有些忧心。女儿问小项，爸爸怎么不来看她。小项敷衍道，爸爸这阵子出差了。

秦少阳只要不出差，一如既往来小项家。他原本是个开朗的大男孩，看起来涉世不深（可能因为他在美国待的时间太长了），面对现在这个局面他不免有点无所适从。开头还好，当作一切没有发生过，两个人还是像过去一样，下下馆子，看看电影。慢慢地，小项发现秦少阳变得心神不定，和她说话时欲言又止，一副心事重重的样子。小项一度怀疑秦少阳是不是介意了，也可能是厌倦她了，这段时间他再也没有提过结婚的事。她想男人都一样，甜言蜜语就像流水，水过无痕，都不可信。小项对此非常失望。

有一天，秦少阳还是没能忍住，同小项讲了他的心事。他说，他最近经常收到陌生电话，不是同一个电话打来的，电话老变，但内容是一样的，要么说开车要当心，要么说我知道人体结构，可以像庖丁解牛一样肢解你。用点药就行，不痛。再用点药，你的身体就会变成水，不会留下任何痕迹。秦少阳告诉小项这事是因为来小项家的路上，有一辆车插向他的车，幸好他及时避让并刹车，不然会从高架桥上坠落下去。小项问，这种电话多久了？秦少阳说，半个月了。小项看来电显示，确实都是陌生电话，没有一个电话来自陈波。小项说，少阳，你最近结了仇家吗？问完后，小项自己都觉得是废话，除了陈波，怎么可能会有人想置秦少阳于死地。小项想起那幼师同她说的话，她一直以为是个玩笑，或出于某种恶意，看来她是真的在警告。小项还是不敢相信陈波会干出这种事，和陈波一起生活了这么多年，在她心里，陈波还是一个善良的人。每次，他们吵架后，陈波的眼泪和悔恨都是真实的。

小项决定去见陈波。小项来到西门街。小项有好久没来这里了，西门街的一草一木她熟悉到闭上眼睛都能想得起来。她敲开了陈波的门。陈波见到她显得颇为受宠若惊。小项注意到这房子似乎重新装修过了，有一种焕然一新的感觉。她还看到在卧室靠床的那面墙上，她和陈波的婚照放大了，装在一个巨大的镜框里。照片上的他们看起来非常甜蜜，目光中充满了对未来无限的希望。陈波说，那时候，我们多么年轻啊。小项说，陈波，你这是什么意思？我们已离婚了，你挂着这照片又何苦。陈波说，我想好了，我前段把屋子用涂料刷了一遍，把家具也换了，要和你复婚。陈波这种疯狂的念头让小项心里冒出一股冷气。

小项决定不问陈波关于电话的事。问了也是白问。即便是陈波干的，陈波也不会承认。谁会承认这种事。小项和陈波谈起女儿，小项说，女儿一直在问你为什么不去看她。陈波说，等我把一切都搞停当，我就把你和豆豆接回家。我以前没处理好，我保证以后再也不会了。

小项和周菲见了个面。小项夸周菲的舞剧非常出色，很震撼。周菲告诉小项，"云门舞集"的人看了她的舞剧，想邀她去台湾演出。小项祝贺周菲。周菲意识到小项找她有事，不再谈她的舞剧。倒是小项还沉浸在舞剧中。小项问，周菲我问你，那男女都杀了对方，你为什么要让他们重生，开启新生活，他们在一起还能生活得好吗？周菲说，总得要有些梦想，人间也没那么绝望，什么都有可能发生是不是？

小项回到家里，把秦少阳留在她家里的东西全部整理好。在整理的时候，小项已泪流满面，秦少阳的每一件东西，她都舍不得，但她知道不能留下来。那件衬衫他刚换下来，还没来得及洗，还带着他的气息，她忍不住把衬衫贴在脸上。她哭得更欢了。她喃喃自语，说，这都是为了你好，你和我在一起不会幸福的，我不配再有幸福，但你一定要有。对不起，对不起，这是最好的办法。

那天秦少阳来到小项这儿，小项面色阴沉。秦少阳问小项怎么了，这时秦少阳看到自己的包放在客厅的沙发上。秦少阳说，小项，你要赶我走吗？小项强忍住自己的眼泪，装出一副绝情的样子，说，我们到此为止，你以后不要再来了。我得回去了，陈波是孩子父亲，什么人都比不上陈波重要。

仿佛一切没变化。小项和陈波还有亲爱的女儿豆豆在一起，还是一家人。就好像周菲舞剧的结尾。结尾就是开始。第一天晚上，陈波抱着小项，非常温柔。小项是紧张的，她已习惯了秦少阳。她感受到陈波身体里传来的疑虑。她想自己应该配合他。她感到自己是多么机械。

日子一天一天过去。现在看起来一切正常。陈波在他们做爱时再也没有失控，陈波要得也不像以前那么频繁。看得出来陈波在努力克制自己。这令小项起了幻想，好像她和陈波真的回到了开始。如果一直这样，也不错啊。她因此有一种苦尽甘来的感觉。她甚至觉得自己做了一个对的决定。她放过了秦少阳，让他免于恐惧，而她修好了原本破碎的家庭。这让她感到些许的欣慰。如果从前的一切是上天对她和陈波的考验，目前看起来他们经受住了考验。

这其间秦少阳给她发过无数的短信。在短信里，他说他会一直等着她，只要她愿意，他依旧盼着同她结婚。小项没有回他。她想象过他的痛苦，也担心过他。他曾对她说，如果失去她，他会不知道怎么生活，生活会失去意义。然而她明白她不能回复他，一回复，会没法收拾。

有一天，小项洗完澡，从浴室出来，看到陈波在看她的手机。她感到不妙。陈波还是在怀疑她。陈波说，刚刚有个短信进来。小项没说话，拿起手机看了一眼，是秦少阳发来的。小项没回话，也没看陈波。这事最好的方式是沉默。如果陈波看了所有的短信，他应该明白，她没回过一个。陈波不应该生气。可她知道陈波在生气，他的脸这会儿是黑的。

这天晚上，他们亲热时，小项再次意识到那个黑洞依旧在陈波身体里。小项想，一切只是美好的幻想，问题是没那么好解决的。

清明节前，陈波向小项提议是不是提前祭祖，然后，全家一起找个地方去度假。小项那段日子工作特别忙，手头有好几个策划项目在做。不过为了家庭有什么不可以放下的呢？她说很好，我们一家人有好久没出去玩了。

祭祖那天，小项做了一桌的菜。祭祖的方式完全照永城的习俗。小项点上蜡烛，发现纸钱没了。她对陈波说，我去小区念佛的婆婆那儿买点纸钱来。陈波说，你快去吧。

小项回来的时候，吓了一跳。她看到蜡烛和祭祖的菜肴中间放着一只红色的盒子。小项站在那儿一动不动，恐惧占据了她整个身心，她感到自己快要崩溃了，随时会晕眩过去。陈波没事一样，对小项说，你搬出去住后，我就把它挖出来了，埋在那儿，我总担心它烂掉。小项脸色苍白，低头烧纸钱。她对自己说，不要哭，没事的，陈波把盒子取出来没别的意思，真的是担心盒子烂掉。烧完纸钱，小项跪在桌前，对着祖宗磕了三个响头。

晚上，小项哄豆豆睡熟，回到房间。陈波已洗完澡，等着她。小项心领神会，进浴室洗澡。一天下来，她已非常疲劳。也不完全是疲劳，应该是麻木，或许是紧张。她慢慢洗着自己的身体。几年下来，她的身体已不如从前，但底子好，身材还是紧致的。她比任何一次都要洗得缓慢和干净，好像以此可以洗干净她身上一切"脏"东西，或者想以此挨过这个夜晚。

她出来的时候，陈波把房间的灯关了。她以为陈波睡着了，长长地松了一口气。今晚陈波终于放过她了。她躺到床的左侧，轻轻盖好被子，怕把陈波弄醒。

陈波突然抱住了她，一下子进入了她。陈波说："你讲，你讲啊，卢一明是怎么弄你的……"

这世上没有破镜重圆的故事。即便是重圆也不是原来那面镜子。

三个月后，秦少阳在小项的手机中消失了，他不再发来信息。突然之间断了音讯，小项心里空落落的，有些恍惚。她担心他出了什么事。过了一周，她拨通了他的手机。电话里传来电子语音：对不起，您所拨打的电话号码是空号。她的心一下子提了起来，涌出某种不祥的预感。后来，她打电话到他的公司。一个女孩接的电话，对方回答，秦老师好久没来上班了，公司里的人都不知道他去了哪里。

小项愣住了，那一刻一直隐藏在她心里的幻想明确地降临到她的脑子里。电话那边，那个女孩在问，你是谁？你有秦老师的消息吗？小项挂了电话。

小项开始拒绝和陈波亲热。哪怕陈波有时候强行行事，她也不让他得逞。陈波也是脆弱的，在她的反抗下，他会迅速退潮。几次后，陈波也不再碰她。他们还躺在一张床上，但他们之间的距离却像隔着一条银河，遥不可及。

这样过了两个月。一天晚上，他们像往日那样钻进被窝睡下。灯已经关了。这两个月，小项的睡眠特别差，有时候她整晚都睡不着。那个幻觉一直跟着她。她努力想压制那个幻觉，压制不住，反而把幻觉当成了真实。她觉得自己也病了，有点分不清真实和幻觉的界限。

陈波也没睡着，半夜时分，黑暗中传来陈波的声音，你为什么不毒死我？

什么？小项吃了一惊。

我知道你半个月前买了砒霜，我一直等着你下药。小项，我没救了，也许我死了才有救。陈波说。

小项没想到陈波知道她买了药。他什么都知道，他现在不像一个外科医生，而像一个神探。她相信，她手机上的一切他都已看过，包括最近她给秦少阳发的信息。虽然她拨打的电话已是空号，可她向那个空号发了无数条短信。她告诉他，他和她在一起是她此生最美好的时光，她愚蠢地放弃了，她替自己惋惜。

小项突然泪流满面。她下过几次决心，想把药投到陈波的茶水里。她发现自己根本没有这个狠劲。毕竟他是孩子的爹。

他在这个世界上消失了，同你有关吗？小项问。

也许吧。我找过他，我知道他一直在联系你。我威胁他，让他悄无声息地离开永城，不要再联系你，否则我就对付你。我知道他在乎你，每个人都有弱点，不是吗？陈波说。

他还活着？小项问。

陈波脸上露出疑惑的神色，他看了小项一眼，一会儿才确定小项在问什么。他脸上露出奇怪的微笑，说，谁知道呢，我是个病人，做过什么事我自己都不确定。

小项知道在陈波这儿是不会有答案的。他的脑子里有一部分永远深不可测。小项也不想得到答案。

很多时候小项愿意相信只不过是她臆想了秦少阳的"消失"。但愿只是臆想。他还活着。她这样希望。

小项和陈波等于摊牌了。他们之间再也没有挽回的余地。陈波固执地不答应分手。陈波对小项说，除非你把我杀了。

有一天，陈波的母亲约小项，说想和她单独谈谈。这么多年来，陈波的父母基本上不介入小两口的家庭生活，除了金钱上的资助，小项也没感受到来自公公和婆婆的太浓烈的亲情。小项不知道婆婆要同她谈什么。一路上她想好了，这一次她一定要向婆婆讲述她和陈波婚姻的真相。

她们在月湖边找了个茶馆。婆婆精心打扮，说明这不是一次随随便便的见面，而是"正式"的。公公和婆婆有些腔调和普通人不太一样。

那天见面，作为海洋生物学家的婆婆，讲起了海豚：海豚是海洋里最聪明的生物，它们和人类很像，一夫一妻制。雄性海豚看中雌性海豚后，就会求欢。雄海豚交配完成后就会离开，远走他乡。

你知道为什么雄海豚要远走他乡？婆婆问。

小项知道婆婆会马上给她答案。

海豚是最钟情的动物，如果雄海豚不离开，雌海豚会安定不下来，会发疯，这样它肚子里的宝宝就会有危险。只有雄海豚离开得足够远，远到雌海豚感受不到爱人的存在，她才会安心孕育自己的孩子。婆婆说。

小项知道婆婆不是来给她普及海洋知识的。这是婆婆的方式，喜欢用冷门的海洋生物习性做谈话的开场白。小项有时候会怀疑这些知识是婆婆顺嘴瞎编的。

终于说到正题。婆婆说，我知道陈波和你的婚姻不幸福。我们作为父母知道是怎么回事。陈波这孩子心理一直不太健康。你们这样下去，陈波和你都会毁掉，还有豆豆，豆豆还年幼，她承受不起你们的家庭冷暴力。

小项开始理解婆婆开场白的意思了。

你是想让我离开永城？小项说。

你千万不要认为我狠心。我知道陈波很爱你，非常在乎你。我经常对陈波爸爸说，你和陈波真是前世冤家。我们去咨询过医生，医生认为陈波童年有阴影，有强烈的不安全感，才导致他抓住你不肯放，只要你在他身边，或在这个城市里，他就不会得到安宁，无法重新开始。婆婆说。

小项有点惊讶。婆婆说出了自己心中所想。她确实无数次思考过这个问题。

这对你也好，你是个好女孩，受到这么大委屈也从来不同我们说。那次见到你身上有伤，我都难过得要死。婆婆说。

小项想，毕竟是高级知识分子，平常不显山露水，心里明镜似的，什么都看在眼里。

你去找你的幸福吧，你会找到一个好男人，会有全新的生活，你是个讨人喜欢的女子，一定会的。豆豆你不用担心，我和她爷爷会照顾好她。一定会让她健康成长。我们这辈子最后悔的一件事就是小的时候没把陈波留在身边，我们很愧疚。照顾豆豆对我们来说也是一种补偿。

婆婆几乎在哀求了。这个平时看起来平和却不流露情感的女人这会儿眼眶泛红。

那天从月湖茶室回来，小项开始为离开这个城市做准备。她认为婆婆说得有理，留在这个城市，她逃不过陈波的"魔掌"。当然很可惜，她在这个城市已有了自己的事业，如果去别的地方，一切就得重新开始。不过她又想，她现在有手艺，有资历，应该在任何一个城市都有能力养活自己。

那天晚上，她到单位整理自己的办公室。在抽屉的深处，她看见一封信。几年前一个女人送来了这封信。她没拆开来过。她拿在手上，犹豫着是丢掉还是拆开来阅读。她沉思了一会儿，把那封信放在了包里。

整理好办公室的个人物品，她给同事写了一封告别信，放在自己的写字台上。她觉得必须写这封信。她可不想让同事们认为她无声无息地从这个世界上消失了，像秦少阳那样。

第二天，小项离家出走，没同陈波和女儿告别。她不知道怎么告别。陈波的母亲应该会告诉陈波和豆豆的。她暂时没想好目的地，她只是想旅行。她想陈波、豆豆或其他人可能会找她。她关掉了手机。她本想把电话卡扔到河里的，又想，万一有意外的事发生呢？所以，她只是关机。她告诉自己不要打开电话。听到女儿的声音，她的心会软。好不容易下了这个决心，她不想前功尽弃。

她坐上高铁，向西旅行。她暂时有了一个目的地：成都。成都是她的老家。她想先去一趟成都，看望一下母亲，或者还会看望一下父亲。不过她不会同父母讲她失败的生活。两边的风景向她扑面而来。列车好像逆时间而行，好像这会儿她正在从今天的自己慢慢退回青涩的自己，退回到最初写日记的那个少女。她想起了秦少阳，他们在一起时，他喜欢问她的过往，问她的少年时光，问她爱过几个男人，他说，他不在乎她的过往，只喜欢现在的她，现在的她刚刚好，是上天给他的礼物。当他这么表白时，小项从来不说话。她不问秦少阳的过往。一个海归博士，一个三十六岁的男人，一定有长长的情史。她不问。她不想知道他的过去。她觉得他现在的一切就是所有，她什么都不需要知道。

可是她太傻了，她现在才深刻认识到他是她此生碰到的最好的男人。但她放弃了他，也伤害了他。他"消失"了。那个臆想又可怕地出现在她的脑子里：他被肢解，然后硫酸把他的肉体融化成了流体……

她泪流不止。对面座位上一个小男孩对妈妈说，阿姨流泪了。小项看了看男孩，抚摸了一下男孩的头，说，阿姨没事。她露出某种幸福的笑容。是的，只要回忆，生命的磨难中总还是会有温暖的时光。

在成都老家住了三天，小项决定继续西行，她想去西藏看看。她一直想去看的。记得在看周菲的舞剧《妇女简史》时她就有一个念头，舞剧虽然尖锐，但最终是宽容的，充满了对生命的宽厚，舞剧里，包括幕景上和舞台上，有几百个出家人身穿袈裟聚在大佛下诵经，场面令她感动，那诵经的声音神秘、庄严、慈悲，那一刻，她觉得唯有这种声音可以安慰人生的苦难。

在成都，小项每天做同样一个梦，她梦到了月牙泉。她依稀记得她少女时代也梦见过月牙泉。她觉得很奇怪。她记起卢一明的那封信。在一个安静的午后，在老家后面的小院子里，在沿壁而上的蔷薇藤蔓下，小项从自己的简单的行李箱里取出那封信。她好像下了天大的决心，拆开信。这是一封写于五年前的信，信纸都已泛黄了。小项深吸一口气，读了起来——

亲爱的小项：

我这么称呼你，你有点吃惊吧。我知道在你眼中，我只不过是一个花花公子。我确实是的。我不讳言这一点。不讳言不表示我不痛恨自己。我经常感到自己丑陋。我很少照镜子。我害怕在镜子里看到一张不堪的脸。

小项，对我来说，杭州的三天是我生命的奇迹。在那三天的缱绻缠绵中，我多次想表达心里的话，我都没说出口。我想，我在你那里的形象一定糟透了。后来我就自暴自弃了。我感到你对我产生了某种依恋，而我却害怕了。我要在你面前把自己的形象毁掉。这就是我们分手时我有意为之的行为。

我非常不安。这不是我想要的。我必须要诚恳告诉你我对你的情感。我想修补我在你那里的形象。至少此刻我写这信时是这样想的。但我不知道我最终是不是有勇气把这封信寄出。此刻我很空虚，也很悲伤。我知道这辈子空虚和悲伤会一直伴着我。

我第一次见到你就喜欢上了你。你让我想起我生命中最重要的时刻。那时候，我和一个女孩在敦煌，我们已走到穷途末路。我不知道你明不明白，爱就是穷途末路。我是多么爱她。她是个天真的女孩，你看着她的脸，你会觉得她干净得像是未经尘世。实际上只是表面现象。世上有很多假象，有些女人看上去很干净，目光明亮，毫无杂质，但并不表示她们不复杂。我得说，你和她很像。气质非常像。我最初看到你时，我吃了一惊，我以为她再一次回来了。

我和那个女孩深爱过。这个你不要怀疑。但如我所说，爱会导致穷途末路。我不想在这封信里具体展开。说起来都是些鸡毛蒜皮的事。总之，我们相爱。我们伤害。我们怀疑。我们和解。我们为了自救，想过与世隔绝的生活。我们到敦煌时，我们仿佛已活过一辈子了。我们看一个一个经洞。晚上坐在月牙泉边。天很低。星星非常大。沙堆高悬在天边。那一刻我们已没了力气。我们相约沉没于月牙泉冰凉的水中。

她走了。我活了下来。我们被打捞上来后送到医院。我竟然被救了。从另一个意义上说不是被救，而是被打入了地狱。这之后，我一直过着地狱般的生活。

你出现了，仿佛时光倒转。我惊讶于自己的激情。在那三天中，我一直在想一个问题，我是不是可以重新再来。但我也同时看见了终点：爱的穷途末路。我这样说是不是不够真诚？好吧，我再真诚一点。我已是个已婚男子，我妻子漂亮，宽厚，她知道我背叛她。我不时拈花惹草，对不起她，她默认。这就是婚姻。经不起考验，可让人觉得可靠，可以依赖。这是我考虑的。另外，我害怕爱。我再一次表白，在那三天里，我爱上了你。

因为爱上了你，我在心里面不想让你难过，并且我很想在你那儿有一个好的形象。今天晚上，我很空虚，也很悲伤，我写下这封信。我不知道我在说什么。也不知道是否会发给你。我在想，如果发给你，我的生命又会发生什么。

后来你突然同我中断了联系。你不会知道，我来永城看过你。我看到你带着女儿从幼儿园出来。你女儿很漂亮，像你。也许我到永城来打算约你重续旧情。我不确定。但看到你如此幸福，我退缩了。理智告诉我，我不应该毁掉你的生活。

现在你知道了，我是个优柔寡断的人。或者你可以说我是个不负责任的人。不过我有一个预感，我不会活得太久。一个人的预感往往是准确的，我确信。

在那三天的最后时光，我同你说起过敦煌。我突然说了，语焉不详。如果我最终寄出了这封信，如果你有一天读到这封信，你就会明白了。也许有一天，你会去敦煌，去月牙泉。在月牙泉的西北角有一块大石头。我女友的骨灰撒在那儿。上面有她的名字。

我为什么要同你讲这些呢？其实这些话更多的是说给我自己听的。你是恰好成了我倾诉的对象而已。不过我想让你明白，那三天我幸福并且害怕，然后逃避。

就写到这儿。我都不知自己在说些什么。安好。人们总是这么说，可总不能安好。

卢一明醉后

读完信，小项非常吃惊。看得出来信写得很随意。很多跳跃的短句，表达时思维处于不稳状态。这封信彻底颠覆了卢一明在小项这儿的形象。如果说她到目前为止是不幸的，那这不幸很大程度来自这个男人。当然她自己也负有责任。在她受苦的时候，她对他不无仇恨。她后悔没早看这封信。如果早看到，她可能会更平和一些。

天空飞过几只天鹅，排成人字，向北飞去。小项涌起一个念头，她想去敦煌看看。她想象，他活着的时候，大概总会去月牙泉看看她的吧。现在他也死了（读完这信后她都怀疑他不是车祸而是自杀），那石块边也许杂草丛生了。

第二天，小项北上去了敦煌。到敦煌不像想象中的困难，从敦煌机场到月牙泉的路途不算太远。傍晚时分，小项到了月牙泉。她很容易找到了那块石头，比她想象中的略大一些。她试图寻找上面的名字。没有。小项怀疑自己是否找对了地方。

有一个男人来搭讪。一个还算有风情的单身女人总会引来搭讪的男人，尤其是那些独行的背包客。小项对自己说，此行她将守身如玉。那个人自称是艺术家，把小项带到他的画室。她看了他临摹（其实是一种创造）的无数的佛像。进入那个屋子，她的眼睛都被刺痛了。所有的画面以金色（黄金一样的金色）和靛青为基调，呈现出一种整体的圣洁。可是每一幅画上的佛像都是人间的，世俗的，甚至是情欲的。小项的身体那一刻有些触动。那个艺术家从背后抱住她时，她挣扎出来，温和地说，你安静一点，佛在这里，这里便是圣地。艺术家说可以去宾馆。她只是笑，说，我走了，你画得很好，你会成名的。在小项的工作岗位上，她接触过无数的画家，她这么说是真诚的。

小项刚迈出门，艺术家说，你等等，我有话同你说。小项站住了，她想看看艺术家能翻出什么花样。

我不是本地人，在这儿有十五年了。艺术家说，你知道你刚才看到的石头边发生过什么事吗？

小项惊愕地抬起头来看着艺术家。艺术家表情严肃。

那地方曾经发生过凶杀案，有一位姑娘死在那儿。法医说是被人按住头窒息死的。杀死她的是一个混蛋，他自己也畏罪自杀，但运气好，被救活了。艺术家说。

什么？小项以为自己听错了。

是一位漂亮的姑娘。我见过她。艺术家说，很可惜是不是？这么年轻的生命就消失了。他们是一对情侣，到敦煌来玩。那女孩在旅途中爱上了别人，男人起了杀心。奇怪的是男人有女孩的遗书，是双双殉情的遗书。男人因此逃过一劫，没被起诉。

小项愣在那儿。她陷入巨大迷惑之中。一股冷风吹过院子，小项感到寒冷。艺术家问她怎么了，她没回答。她几乎是逃走的。此刻她需要安静，她需要整理自己的情绪。她不知道发生了什么。这世界太不可思议了。她该信什么呢，那封信里的话还是信艺术家的话？

小项想起周菲的舞剧，那两个舞者相互刺杀时，舞台上的光影像水波一样，他们好像是两个溺水的人。小项怀疑周菲是不是也到过敦煌，听这位艺术家讲过这个故事。

第二天小项一早就醒了。她一刻也不想待在敦煌。也不想知道真相。这世上真相有好多种，关键是你相信哪一种。

小项整理好行李，照既定方案奔赴拉萨。她搭了一辆便车到火车站，她坐普通的火车，到处转车，终于在一个星期后抵达拉萨。

现在，她终于站在广场上，抬头仰望布达拉宫。她有一种灵魂出窍的感觉。天空碧蓝如洗，白云一动不动，布达拉宫既是沉静的，又是辉煌的，笼罩在一种金色的光晕中，甚至布达拉宫周边的山体，在夕阳的映照下，也是金色的。她有点理解敦煌那个艺术家的用色了，金色和青色就是天堂的颜色。

布达拉宫的广场上，都是俯身朝拜的香客。这一切是熟悉的，小项在图片、录像以及电影中见过这些场面，但看到香客们脸上的虔诚和微茫的希望，她还是感动。她感到生命如尘土一般，谁也抵挡不住那只神秘的命运之手的拨弄。看起来过去做的每一个选择都是自己做出的，可回过头去看，还是见出无处不在命运的照拂下。

后来，她站在大殿的一侧，听着几百位喇嘛诵经。她听不懂经文，她只能倾听声音本身，那么阔大的仁慈的声音，在整个殿宇里萦绕，通向天际。这些声音此刻钻进了她的身体，就像喝下去的烈酒，在胸腔在胃部热辣辣地扩散。一直以来，她拜佛，谈不上真正信佛。现在她也谈不上真正有信仰，只是身体里涌出一种冲动，她想和那些藏人信众一样，对佛顶礼膜拜一次。她让身体贴在大殿的石板上，久久地双手合十，举在头顶，直到坚持不住。她俯伏在那儿，双手捧住自己的脸，痛哭起来。在泪光中，她看见陈波、豆豆，还看到在她的生命中消失的秦少阳。

那天，她回到拉萨圣地天堂大酒店，抑制不住打开了手机。她以为会有陈波和女儿的短信，竟然没有。她想，陈波的母亲做得真是绝啊，她真的把她从他们家的生活中删除了。她不知道婆婆是如何描述她的离家出走的。婆婆一定把她描述成了冷酷的人。她心有不甘，内心酸楚，此刻她多么想把女儿抱在怀里。

她站在房间的窗口，看着拉萨傍晚的风景，内心茫然。天空已从浅蓝变成青色，那么透亮，好像青色的另一边就是天国。这是个安静的城市，神无处不在，有一种庞大的威严在四周生长，让人卑微得不想发出任何声音。远处的拉萨河闪耀着亮晶晶的波光。她久久地凝视着远方，好像就此可以看到自己的去处。这时，"叮"的一声，进来一则短信，一个陌生号码发来的，短信没有署名，上面写了一句话：

你好吗？在敦煌听一位画家讲起一个女人，想起你。

2019 年 8 月 28 日—12 月 12 日 杭州

乐师

<h1 style="text-align:center">一</h1>

二十年前，西门街曾发生过一起血案。关于那起血案现在记得的人不多了，但当年非常轰动，令人感慨。肇事者吕新是永城越剧团的一名乐师，人很随和，也很热情，可只要一喝上酒，便成为一条糊涂虫。那天，乐师刚结束一场演出，酒瘾发作，但身无分文，无钱买酒，就跑回家，翻箱倒柜，终于在妻子的化妆盒里找到了二十元钱，就奔向卖酒的小店。妻子回家时，发现化妆盒里的钱不翼而飞，知道是乐师偷了。这钱是女人给女儿参加音乐比赛报名用的，现在被乐师拿去喝酒，妻子非常生气。于是她找到正蜷缩在街头喝酒的乐师，两人争执起来，正被酒瘾折磨的乐师已失去理智，他拿起酒瓶向妻子砸去。不料女人一命呜呼。

杀人有罪，乐师为此被判了无期徒刑。

就这样，好端端的一户人家便家破人亡了。善良的西门街居民对此事十分感叹，满怀同情。当然人们最同情的是他们的女儿吕红梅，她还只有十五岁。母亲死了，父亲被囚，从此后，她在这个世上孤苦一人，无依无靠。她今后怎么办呢？

二

二十年后的一个深秋，乐师吕新被释放了。他又回到了西门街。

如他预料的，家里没有一个人。他的女儿吕红梅了无踪影，不知道如今在何方。他想她大概还恨着他吧。在里面的头一年，他给女儿写了很多信，但都没有回音。一年后，他终于收到了红梅的信，但信里只有一句话：

"我没有你这个父亲。我恨你。"

他忘不了被公安抓走时，女儿的表情。在她那张稚嫩的脸上写满了无助、怨恨和恐惧。他以为她会哭，但她没有，她转身回了屋。这二十年来，吕新一直回忆着这一幕，他觉得她转身的样子，像一个跳楼的女人；或者他想象她身后的房子正在燃烧，她一头扎进了熊熊大火。被关的头一年，他真的担心她会自杀，直到收到信，他才松了口气。

过去的邻居大都搬走了。都是陌生面孔。他们也不知道他从哪里来。也许他们孩提时候见过他。他走的时候是四十岁，现在六十岁了。他头发花白，满脸皱褶，已显出老态。他们认不出他来了。这样很好。

监禁生活把他的坏习惯都纠正了。没法不被纠正。在那个环境中，吃的用的都受限，所有的口腹享乐都降到最低的程度，躁动的心思便沉了下来。倒真的要感谢这二十年，二十年的改造，让他可以过简单的生活了。只要能吃饱，他就可以活下去。他什么苦都能吃了。

吕新不大出门，他慢慢开始整理屋子。这屋子同他走的时候没什么两样。一些物件让他回忆起从前的生活。比如墙上挂着的那把二胡和古琴。他在乐器方面有天赋，什么乐器只要拿到手上，一玩就学会了。他都有二十年没碰乐器了。他不敢动它们，好像这些乐器里有魔鬼，他一碰，就会给他带来晦气。他在女儿的房间里找到一个洋娃娃。这玩具唤起了他心中的柔情。他的眼眶泛红了。红梅降生的时候，他正在和朋友喝酒，并且喝醉了（其实悲剧的征兆很早就出现了）。他是第二天醒来才得知消息的。他赶到医院，满怀愧疚地抱着女儿——他一开始就欠了女儿一笔债。他满心欢喜地迎接女儿的到来。他觉得女儿真好，如果是儿子，他都不知道怎么办、怎么做父亲。女儿让他很快找到了做父亲的感觉。他记起来了，这洋娃娃是为她十一岁生日买的。她的每一个生日都是他内疚的日子。那时，他因为喝酒，经常身无分文，买这玩具的钱还是向朋友借的。当女儿拿到他的礼物时，她小脸上呈现的喜悦，现在想起来还令他心酸。

他明白，这辈子他不但把自己毁了，也把红梅毁掉了。他离开时，她才十五岁。她怎么生活呢？她去了哪里？她活得好吗？他欠她的太多。这几天，他像在牢里面一样不可遏制地想念女儿，想她扑向想象中的火焰的那一幕。

这样与世隔绝生活了一个月后，他步出了家门。初冬，满大街都是落叶，风一吹，落叶满天飞。空气显得干燥而清冷。这让他有一种回到从前的幻觉。奇怪的是，从前的生活在他的回忆里竟有了安静而温暖的气息。他的心里突然涌出一个念头——他要找到女儿。他想看看她，至少应该知道她生活得好不好。他抬头看了看天。天色昏沉，像是要下雨了。一阵风吹到他的脸上，痒痒的。他意识到自己流下了眼泪。

从牢里出来的这段日子，他总是容易感动，好像他忽然之间变成了一颗多情种子。

三

他们都说不知道吕红梅去哪里了。他们说他进去后，红梅就离家出走，不知去向。中间好像回来过一次。有一个人说，吕红梅早已去了省城，还说在省城碰到过吕红梅，不过没打招呼。吕新问是哪里碰到的。那人态度暧昧，支支吾吾的。吕新说："你直说吧。"那人下了很大的决心，说：

"是舞厅。因为认识反而不好意思，所以没打招呼。"

那人说完这话似乎有点过意不去，安慰道：

"她具体在做什么，我也不清楚。"

那人的安慰让吕新难堪。他低下头，不敢看那人的眼睛。

"是哪家舞厅？"他问。

"名字忘了，现在舞厅名字都差不多。"那人想了想，说，"地方倒是有印象，好像在城北立交桥附近。是好几年前的事情了。"

他不想再多打听了，到省城再说吧。

一个晴朗的早晨，吕新锁上家门，找女儿去了。

二十多年没来省城了。省城当然同他二十年前所见不一样了，有一种完全陌生的感觉。这种陌生感其实同满眼的高楼大厦、宽阔的马路、拥挤的街道无关，可能缘于他的心理，出来后他所见的一切都令他感到陌生，感到无所适从。生活对人来说其实只是一个习惯，在里面，他慢慢习惯了一切，好像他的生活本来就应该是这个样子的。里面的一切都很有规律，起床、睡觉、干活、吃饭。要改变倒显得不可思议了。他出来后，反倒不适应了。过去，他的耳边都是管教人员的吆喝声，现在没有了，但他的耳朵总是竖着，总觉得警察随时会出现在他面前，教训他。这让他显得有些鬼鬼祟祟。

他来到城北，他首先要寻找的是那人所说的立交桥。他小心地穿行在城北的马路上，东张西望，显得有些焦虑。此刻在他的心里，立交桥是一个复杂的形象，这个形象和女儿形象合二为一，好像他的女儿变成了一座固定的桥在那里等着他。就像他在女儿课本上读过的神女峰的故事。这一想象让他的心里暖洋洋的。

有人拍了拍他的肩。他吓了一跳。他回头，看到一个年轻人神情诡异地对他笑。他不由得一阵紧张。他不知道自己做错了什么。后来他才知道，这个年轻人是向他兜售旧西装。他还没反应过来，就被年轻人拉进了一间黑暗的房间。他对黑暗非常敏感，视觉一下子变得敏锐起来。他看到这屋子里堆满了旧衣服。有一股生石灰的涩味弥漫其中。

　　当他出来的时候，身上穿了一件旧西服。他是花一百元钱买的。他不能不买，那个年轻人把他的衣服扒去了，替他换上了这件衣服。他看着镜子里的自己，有一种新奇的陌生感。他确实比以前精神了不少。他就买下了。那年轻人显然很高兴，说他穿上衣服后看起来像个艺术家。年轻人还问他来省城干什么，他说来找人。他还问立交桥在什么地方。年轻人说就在附近，他可以带他去。

　　立交桥果然在附近。其实不是立交桥，是人行天桥，并且已非常破旧了。这倒是同他想象的差不多。对太新的事物，他想象不出来。他站在立交桥前，有些茫然。立交桥究竟不是红梅，在阳光下它显得相当笨拙，相当漠然。是啊，他到哪里去找红梅呢？他看了看附近，有好几家舞厅。看到舞厅，他好像嗅到了红梅的气息，心中又涌出希望。

　　夜幕降临了，舞厅的霓虹灯亮了起来。霓虹灯一亮，就显得相当暧昧，也给人一种幽深曲折的感觉，又有诱惑又让人难以靠近。吕新是壮了胆子进去的。但看门的不让他进入，他再三哀求也不行。他说他找人。他们问找谁，他报了女儿的名字。他们说没这个人。

　　几家舞厅几乎都是同样的情况，让他非常失望。也许是因为幻觉，他似乎嗅到了女儿的气息。这气息让他感到既孤独又忧伤。他觉得女儿就在附近。他打算等到舞厅打烊，在鱼贯而出的人群里寻找红梅的影子。

　　舞厅里出来的女人都非常年轻。有的是被男人带走的。有的是三三两两结伴出来的。她们衣着裸露而时髦，身上的香气让人窒息。他意识到红梅今年应该已有三十五岁了，她不可能与这些女人为伍了。他想象不出三十五岁的红梅是什么样子，也许已经是个中年妇女，像所有家庭妇女一样，蓬头垢脸，邋里邋遢。总之，红梅大概不可能像这些女人那样光鲜吧。他想。

他来到在立交桥附近的广场。夜晚的广场依旧聚集着人群。大多是一些外地来这个城市打工的人，一时找不到工作，因这里离火车站近，就聚集在此。吕新奔忙了一天，也有点累了。他没找旅店，他打算像他们一样，在广场上将就着躺一宿算了。

那个卖旧西服的年轻人又过来了。他原准备向吕新兜售的，不过，他马上认出他来。他十分严肃地问吕新有没有找到人，就好像吕新寻人的事对他很重要。吕新摇了摇头。小伙子问："你找谁啊？"吕新说："找女儿。"

"你女儿跟人私奔了？"小伙子来了兴趣。

"不，我们有二十年没见面了。"

"怎么回事？你出事了？"小伙子的目光里隐含着一丝狡黠的光亮，好像他早已把吕新看透了。

"是的，我坐牢了。"

"我看出来了。看你的样子也像是从里面出来的。刚出来吧？"

吕新点点头。

"你满脸是里面的气味，外面的人脸上都是油亮亮的，眼睛贪得要命。你没有。"

　　吕新觉得这个人挺有意思的。抬头仔细看了他一眼。此人长得很壮实，眼睛很细，说话的时候不喜欢盯着人看，但偶尔瞥过来一眼，目光里会射出一缕锐利的光。这会儿，他满身洋溢着热情，好像吕新是他久未谋面的朋友。

　　"你犯什么事进去的？"

　　"嗨，说来话长。"

　　"待这么久，杀人了？"小伙子内行地问。

　　他点点头，又摇摇头。

　　"你别不好意思。像你这样的我见多了。我也是从里面出来的。"

　　说着，小伙子递给吕新一张名片。

　　吕新接过来。名片上写着一个名字：黄德高。看到这名字，吕新差点笑出声来。他把表情尽量装得庄重一些，继续看。名片上毫不客气地写着黄德高的头衔：德高公司董事长、总经理。

　　"有什么事，你找我。"

　　吕新小心把名片藏好，然后点点头。

　　"你晚上住哪儿？"

　　吕新踌躇了，他不好意思诉那人他将在广场将就一宿。小伙子似乎看穿了他，他爽快地说：

　　"没地方住吧？到我仓库里住一晚吧。和小日本的西服住一晚总比待在广场强。你放心，西服没有艾滋病，都消过毒了。"

　　小伙子说完，就转身走了。吕新觉得如果不跟上去，会对不起这个叫黄德高的人。他觉得在这件事上，小伙子真是品德高尚。他不由得迈开脚步，紧跟着小伙子，朝那条幽深的弄堂走去。周围都是老房子，弄堂的墙壁年久失修，上面布满了白屑与青苔。

这天，他是第二次糊里糊涂来到这间屋子了。他进屋后，小伙子也没同他多说，关上门走了。明天见。小伙子说。他还没回答，门就砰一声关闭了。他站在那里，半天都没回过神来。

这天晚上，他躺在弥漫着旧衣服特有霉气的屋子里，想着女儿吕红梅。她在哪儿呢？明天怎么办？继续找下去呢还是回家？后来，他就不去想这些了。这天晚上，他有一种奇怪的感觉，好像他又进入了肮脏的看守所里面。不过，这种气味倒是他熟悉的。不久，他就睡过去了。

四

那个名叫黄德高的小伙子到了九点钟才来开门。吕新早已醒了。他空着肚子，呆呆地站在里面，看着光线从天花板上射下来。

"想好了吗？"小伙子问。

"什么？"

"找你女儿啊。留下来继续找？"

他想了想，然后点点头。

"这样吧，你帮我一起去街头兜售旧西服得了，我不会亏待你的。"

他没表态。他觉得自己不行。他不像这小伙子那样能说会道，会把人引到屋子里，逗得他们觉得不买一件旧西服相当于这辈子白白来人世间走了一遭。他就是这样被小伙子的三寸不烂之舌蛊惑，糊里糊涂买了这件旧西服。他觉得自己木讷的形象会把人吓跑。

他想了想说：

"好吧，我帮你忙，不要你钱，只要晚上让我睡这里就可以。"

"OK，没问题。我们是朋友。"

老房子隐藏在那幢高耸的镶嵌着玻璃幕墙的大楼后面。吕新穿过这建筑左侧的弄堂，就来到广场上。像昨天一样，广场上乱哄哄的。一些民工模样的人席地躺着，他们直愣愣地古怪地看着他，好像他有什么地方不对。他们的目光让他不好意思向他们推销。

可能在里面待惯了，开始时他对人多的场合有种本能的惧怕，但慢慢地，他喜欢上热闹了。他觉得热闹的地方有一种暖融融的气息，有一种安全感。

他发现经常有一个人来这里找民工。这人长着一张马脸，眼睛很大，眼珠子布满了血丝。这人很瘦但骨架子很大，看上去精力非常充沛。他一来，大伙儿就围上去，就好像这人是他们的大救星。那人的表情严肃，一副大权在握、主宰着他们命运的样子。马脸男人的眼神里有一股子看待牲口那样的散漫之气，严肃中显得随意。"你。你。你……"他操着四川口音，指着围着他的人，然后转身就走，那些农民赶紧卷起铺盖，屁颠颠跟着他。

吕新很想向这人推销一件西服。这人看上去来头这么大，但衣服太差，如果穿上西服，就像一个官人了。吕新认为，权威是要靠衣装来衬的。比如，在牢里，吕新觉得他怕的不是某个教官（有些教官人特善，家里也有一大堆烦心事），而是他们的制服。这个人如果穿上一件西服，那他会显得更加威风。吕新于是拦住他。结果，被那人狠狠骂了一通。

"你把我当成谁了？我会要你的破衣服？告诉你，老子家里新西服有七八件。老子不爱穿。"

吕新被骂得一愣一愣的。那些民工围在一边看，咧着嘴笑，一副没心没肺的样子。他们的笑容中充满了媚态，是一种毫无目标的讨好神情。吕新被那人骂得无地自容，好像他犯了天大的错误，好久才平静下来。他觉得自己是多么没用，实在有些对不起那个叫黄德高的"董事长"。他满怀愧疚地掏出小伙子的名片，自言自语道：

"这口饭也不好吃呢。"

等到那人带着一帮农民离开，没被带走的人开始和吕新搭腔。吕新想，也许他们看中了他的旧西服了，就和他们聊了起来。吕新问他们都找些什么活儿干。他们回答说主要在建筑工地上干活儿，每天可赚三四十元钱，只是老板总是会拖欠工资。吕新觉得还不错呢，比他替黄德高卖旧西服赚的钱还要多。他有点羡慕他们，说：

"你们赚的钱比我多。"

他们不反驳，心满意足地乐呵呵地笑。

他这样忙碌了一天。终于推销出两件旧西服。黄德高大大地夸奖了他一番，认为他是一个推销天才。夸得吕新很不好意思。黄德高还算上路，吕新卖出一件，可以得三元钱。这样如果一天能卖掉三四件的话，就完全可以解决吕新的生计问题了。

吕新慢慢习惯了现在这份工作，推销的方法也开始熟练起来。广场一如既往地人多。他喜欢向农民工兜售。同他们身上穿着的皱巴巴的衣服相比，这旧西服笔挺、体面，穿上后他们会不认识自己。

他整日在立交桥广场附近转悠。他认定女儿红梅就在附近。

五

这样过了一星期。

一天下午，吕新向东边的一条小巷子走去。这一片是老街区，房舍破旧，卫生设施也有问题。道路狭小，有的地方还是石板路面。这时，空气里传来一丝隐隐约约的小提琴声。他停住了脚步，侧耳细听。那音乐就是从老街的巷子深处传来的。他听出来了，是肖邦的《马祖卡舞曲》。他突然心头一热，有一种往事重现的幻觉。是的，他对《马祖卡舞曲》是熟悉的。红梅当年最擅长的乐曲就是这一首。红梅继承了他的天分，对音乐非常敏感。当年，红梅参加手风琴比赛，就选用了这首曲子。这是一首欢快的乐曲，音乐跳跃而欢闹，有点俗气，但又有一种浪漫气质。听着这音乐，你会觉得有无数人聚在一起尽情起舞。此刻，这音乐把这安静的老街照亮了。

吕新不自觉循着乐声走去。音乐是从一间两层楼的老房子里发出来的。楼下开了一家理发店，楼上的窗子开着，一个男孩在拉琴。吕新站在老房子前面，抬头朝窗子里看。男孩还很小，大约八九岁，琴拉得很专注。走近倾听的感觉和远处稍有不同，从远处听，断断续续、隐隐约约的，反倒有一种神奇的流畅的感觉，但在近处听，吕新还是听出男孩琴艺的生涩来。特别是在乐曲的高潮处，双弦技巧部分，有几个音一直不是太准。

这时，一个女人的身影出现在窗口。吕新的心不禁狂跳起来。他虽然还没有看清这个女人，但他已预感到她可能就是他要找的人。也许真的是她。他熟悉她的背部，她的肩比一般孩子要瘦削，形成一个好看的圆弧。他被抓的那天，这圆弧消失在他想象的火焰之中。现在，这圆弧又出现了，他试图和多年前的那一个重叠。二十年了，她当然会有变化，她现在蓄了长发，衣服还算讲究，是羊毛外套，但显得有些旧了，看得出来已穿了多年。

后来，她终于转过身来。她淡漠地向窗外张望了一下。他终于看清了她。那是一张疲倦的脸，虽然她精心化了妆，但还是可以看出她的眼眶发黑，眼神暗淡，没有神采。

没错，那人就是红梅。

他站在那里。此刻，他是揪心的。这揪心其实源于他的无所适从。他一直在找红梅，可是他真的准备好见她了吗？他有资格见她吗？她会认他吗？他想她一定还在恨他。也许连恨也不恨了，早已把他从记忆中抹去了，毕竟，他是她惨痛的回忆。在她的心中，他或许早就死了。他觉得这之前想得太轻易了，以为找到红梅就可以相见、相认，其实根本不可能，相认比他想象得要艰难，此刻她就在他前面，但他无脸喊叫她的名字，也无脸走近她。

她三十五岁了。她看上去面容疲倦，眼眶发黑。

吕新站在那里老泪纵横。

六

他想，这就是他的报应。他实际上已经失去了父亲的资格。他没有资格去打扰她，把她平静的生活搅乱。

但是，他再离不开这地方了。他像一棵树一样，立在街头，迈不开脚步。当然，他不可能永远立在街头，他唯一可做的是在附近住下来。

红梅家对面有一家旅店。旅店是私人开的，很简易，有地下室。地下室每夜五元钱。这个价，他是可以承受的。地下室的上部有窗，窗和外面的马路一样高。他要了一家窗口对着理发店的房间。房间里有五张床，是通铺的形式。这里生意好像不是太好，房间里没有人味，倒是有一股子潮湿的气味。其中有一张床床单乱着，说明这里应该还住着另一个客人。

他打开窗。理发店就在他的头上。他非常满意。他长时间凝望着窗外。已经是傍晚了，在昏暗的夜幕下，这一片旧城区显得相当破旧。但因为红梅住在这里，他产生了一种亲切感，好像他已在这里生活了好多年。

他回到床上，躺了下来。他找到了红梅，并且可以从这里观察红梅的生活了。他觉得这样也不错，住在这个简陋的旅舍里，这样和红梅保持一点距离，他感到一种人生的暖意。他终于可以看着她生活了，就好像在这样的注视下，红梅的生活才是令他放心的。他的心里充满了某种因愧疚而产生的感动。

后来，吕新迷迷糊糊睡了过去。

他是被房间的动静弄醒的。他睁开眼一看，发现一个男人趴在一个女人身上。他连忙假装睡着，一动也不敢动。他们的动静越来越大，气喘得越来越急。听着这种声音，吕新有些不习惯。他已经有二十多年没干这种事了。他都忘记人世间还有这桩事情。他希望自己快快睡着，但他们弄出的声音实在刺激耳膜，让他浑身燥热。

一会儿，地下室安静下来。他听到那个女人穿好衣服出门了。那男的靠在床头，一脸疲惫地抽着烟。他茫然的脸在烟雾中显得越发茫然。吕新感到内急，他想他们完事了，可以起来了。他穿衣服的时候，同那人点了点头。他们几乎同时认出了彼此。这个男人就是广场上给民工介绍活儿的家伙。这会儿，男人还赤裸着上身，身上的肋骨一根根绽着，那张没有腮帮子的脸，看上去显得相当滑稽。

"是你啊？你怎么住到这里来了？"那人问。

"这里便宜。"

地下室没有厕所。厕所在一楼。吕新上完厕所，刚回到地下室，一根烟就向他飞来。他吓了一跳，以为是什么，试图躲避。烟掉到地上。吕新见是烟，就捡了起来。

"旧西服还有吗？给我搞两件嘛。"

吕新吓了一跳。他有点疑惑地看了看这个人。这个人几天前还训他有眼无珠呢。他谨慎地问：

"你想要？"

"对头。"

那人啪地打开打火机，点上烟。吕新凑过去想借个火，但那人没给他点。吕新只好自己掏出火柴，点上。

"我明天给你带来。"

那人深深吸了一口烟，表情像大人物一样。一会儿，那人问：

"你哪里的？"

"我永城来的。"

"永城，去过，不错的城市。"那人又说，"刚才不好意思。我知道你醒着。"

吕新的脸红了一下，说："没事。"他想了想，又问："是你媳妇？"

“哪里是媳妇嘛。媳妇搞起来有啥子劲嘛。是小姐。”

“小姐?”

吕新想,刚才那女人这么胖,应该有些岁数了,怎么还是小姐?

那人一脸惊讶地看着吕新,说:“怎么,你没耍过小姐?”

吕新有点不好意思。

那人说:“你连小姐都没耍过?今天没得空了,哪天我带你去见识见识,舞厅里多的是。给点钱就跟你走。”

那人狠狠地掐灭烟头,穿上衣服,出门去了。那人说,他还要去谈点业务。

室内又留下吕新一个人。吕新再也睡不着了。他趴在窗口,看着对面。马路上行人不多,偶尔有人走过,最先进入眼帘的就是脚和鞋。平时看人,他总是先看别人的脸。现在不一样,他总是先看到鞋。看着各式各样的鞋,他总是忍不住想知道鞋的主人长什么样。小街在夜晚显得越来越冷清了。对面的窗口已熄了灯。他猜想,红梅已睡了。

七

吕新观察着红梅的生活。

他发现红梅的丈夫是一个瘸子(当然也不算太瘸,但走路还是能看出其僵硬和不便来),叫屠宝刚,小楼下面那家理发店就是他开的。理发店门面简单,可以想见男人的手艺一般，也就是给人剪一个普通发式的水平吧。屠宝刚为人非常热情，话多。令吕新感到安慰的是，他们的生活看起来其乐融融，夫妻俩关系不错，可算得上彼此体贴。

对于红梅找了一个瘸腿男人，吕新开始有一点点排斥，但因为是红梅的男人，心里自然也有亲切感。多看几眼也就适应了，屠宝刚走路一摇一摇的样子，还挺憨厚的。他身上有一种乐天的气质，把吕新感染了。

吕新看到红梅出门后，小心地进了理发店。他得理个发，把自己整干净一点。理发室比较简陋，墙壁上有明显的水迹斑痕，墙的角落上放着几只假发套。理发室里有一股子清寂的气味。他断定理发室的生意不是太好。有一个孩子在靠窗的位置做作业。他知道这就是那个拉提琴的小家伙。他不禁多看了孩子几眼。吕新看着孩子感到很亲切。他从这孩子身上看到自己的影子。那眉毛，那硬硬的发质，都像极了自己。

屠宝刚正在读一张过期的晚报，见有人进来，霍地站了起来，眼中露出喜悦的光芒。"大爷，理发？"他抖动发围，让吕新坐。吕新沉默着坐下了。屠宝刚迅速地替他围好，像是唯恐他改变主意。好久没人待吕新这么热情了，他有种受宠若惊的感觉。当屠宝刚的推子开始在吕新的头上移动时，他的话匣子也打开了。

"大爷，我好像没见过你。这一片没我不认识的，我记忆力好，看一眼就认得。"

吕新没回答。他也插不上嘴。屠宝刚几乎在自说自话，也不在乎他答不答。吕新通过前面的镜子，观察着这个人。

镜子里，屠宝刚上半身还是挺精神的（吕新在不自觉地从屠的身上找优点）。吕新很想问问他这腿疾是怎么落下的（他还是不能把这瘸腿从他的感觉中抹去，他想尽量视而不见，他做不到），但他觉得这样贸然问人家不是太合适。所以就憋住了。

屠宝刚却是闲不住嘴。他一边理发一边和吕新话家常。

"大爷是外地来的吧？来游玩吗？"

吕新不知如何作答。他只好点点头。

"听口音，大爷好像是永城人。"

听了这话，吕新的心怦怦地跳起来。好像这句话把他和这一家真切地联系起来了。这句话挑动了他的愿望。他多么想了解红梅的一切。他很想问这个瘸子有关红梅的情况，但他知道这事只能转弯抹角，只能慢慢来。他说：

"师傅去过永城吧？"

"我老婆是永城人，我们已有好多年没去了。"

"噢，怎么不去老家看看？"

"我老婆是孤儿，老家已没人了。"

听了这句话，吕新觉得身子发凉，微微颤抖了一下。屠宝刚很敏感，问：

"怎么了？大爷身体不舒服吗？"

"没事，没事。"

这时候，进来一个顾客。顾客好像很着急的样子，问屠宝刚："要等吗？"吕新见此人似乎想急着离开，马上站起来，说："不用，我快完了，你先理吧。"说完站起来，让给他。

那人好像有点不好意思，犹豫了一下，还是坐下了。

"不好意思，那我先理了。唉，实在太忙了，连理个发的时间也没有。"那人解释道。

"忙才有钱赚啊。先生做什么生意？"吕新在一旁问。

"噢，炒股。"那人一脸兴奋，"今年牛市，整天泡在营业厅，就像他娘的泡在蜜罐里。"说完，他呵呵地笑了起来。

从镜子上看，吕新未剪完的头发显得有些滑稽。但吕新顾不了那么多，他来到孩子身边，看孩子做作业。他看到孩子的脸白白的，嘴唇紫紫的，皮肤细得像个姑娘，很好看。他真想抱一抱这孩子。不过，他如果这么做，会把孩子吓坏的。他摸了摸孩子的脸。孩子也没回避。吕新觉得孩子的体质不够强壮，需要锻炼。

这时，屠宝刚插话了，说：

"这孩子，心肠好，只是身体太弱，学校里面吃亏。"

"现在这世道，心肠不能太好。"那炒股的人说，"老实人吃亏啊。"

"是啊。"屠宝刚附和道。

"只有流氓才活得自在。"炒股人显然对这话题感兴趣，他来劲了，"老子现在是看穿了，他娘的，老子现在五毒俱全，什么都玩，有妞就泡，有酒就醉，有享受不放过。"

这话不但让吕新刺耳，也让屠宝刚感到不适。理发这份活儿，同人打交道，屠宝刚见识过的人不算少，但像眼前这个如此露骨、夸张的人真还少有。屠宝刚觉得孩子听了这些话总归不好。他再没接茬。他对儿子说：

"你去外面玩一会儿吧？"

孩子显然很高兴，他合拢课本，溜出了理发店。吕新顾不得他理了半拉子的难看的头发，也跟了出去。孩子没走远，在老街的石阶上坐下来。吕新也坐下来。吕新目不转睛地看着孩子。他觉得挺神奇的，自己不知不觉竟有了外孙。孩子似乎知道他在看着自己，对他笑了笑。

"我好像在哪里见过你，你挺面熟的。"孩子说。

这话从这个稚气的孩子的嘴里说出来，特别好玩。他笑了，说：

"你叫什么名字？"

"屠小昱。"

吕新摸了一下孩子的头，问：

"你会拉肖邦的《马祖卡舞曲》？"

"你也会拉吗？"孩子的眼睛亮了一下。

吕新点点头，问：

"学几年了？"

"快三年了。"

吕新问孩子是不是可以把小提琴拿来。孩子高兴地向楼梯奔去。一会儿，孩子捧着提琴下来了。吕新拿过琴来，习惯性地弹了一下琴弦，发出几个简单音阶。吕新已有二十年没拿琴了。他原来细嫩修长的手指因多年劳作已变得粗糙不堪。他把琴夹在脖子下，试着拉了一下，他有些找不着调。但当他拉出《马祖卡舞曲》的第一乐句时，迅速地找到感觉。那乐句穿透了他的胸腔，唤醒了他年轻时代的记忆。他发现他的手指仿佛有着自己的思想和意志，熟练地在琴弦上跳动着。他粗糙的手指变得如此优美，他自己都感到奇怪，就好像一个老人突然回到了青年时代。他闭上眼睛，倾听自己演奏出来的音乐。这曲子虽然古老，但显得热情洋溢，他感到空气中有无数笑脸和无数个金黄色的光斑在移动。在快要结束的时候，他睁开眼看了一下孩子。孩子抬头看着他，他的小脸涨得通红，眼神里流溢着一种崇拜的神色。

"原来你是个音乐家。"

吕新刚拉完，屠宝刚就说话了。吕新在拉琴时，他停下了手中的活儿，在一旁倾听。

吕新笑了笑，有点不好意思。

"小昱，你赶紧跪下拜师啊，让爷爷教教你。"

孩子看了看吕新，似乎真想跪下来了。吕新拉起孩子，开始教他。他告诉孩子他哪个地方拉错了音阶，让孩子练习。孩子是有感觉的，他拉琴的架势非常自信。

这就对了，这才是他吕新的外孙！

八

白天，吕新还是帮黄德高兜售旧西服。晚上，他回到旅店的地下室住。

一段日子下来，吕新和屠宝刚、屠小昱倒是混熟了。他也知道红梅这样早出晚归是在干什么。他跟踪过她。她在做钟点工，帮人家打扫卫生。他想，她生活得并不如意。

红梅现在的样子同他多年来思念中的那个女儿差别很大。在他的想象中，她柔弱无助，是一个受害者的形象。现在，她的动作和神态已没有了女性的柔顺，相反倒有一种男性的豪放。毕竟二十年过去了，什么都会改变的。他反观自己，自己不也和过去大相径庭？也许红梅即使碰见了他也难以认出他来了。

他不知道怎样接近吕红梅。他的心里是矛盾的。他多么希望和红梅相认，又害怕红梅真的认出他来。有几次，他和红梅在狭小的街头擦肩而过，他非常紧张。红梅似乎并没有注意到他的存在。红梅行色匆匆，走路的时候似乎总在想着心事，很少注意周围的情况。有一次，他们靠得实在太近了，她甚至看了他一眼，但她依然没有任何反应。他想，这怪不得红梅，红梅不会想到他还可以减刑出来。红梅一定认为他将终死在牢里。

他经常去屠小昱读书的学校，站在围墙外，或教室的窗口，向里张望，试图捕捉屠小昱的身影。小学坐落在一片旧屋中间，校舍布局混乱，把校园切割成一块一块的，空间相当局促。三面是围墙，朝东的是铸铁围栏。他发现屠小昱体质不好，只要跑几下就气喘吁吁。

有一次，他对屠小昱说：

"你应该多锻炼锻炼。"

"我有病，不能这样。"

"是吗？什么病？"

"我不能告诉你。我妈不让我告诉别人。"

孩子大概看到吕新脸上的忧虑，安慰道：

"不过，没什么的，我身体好好的，你放心吧。"

在学校门口的宣传栏上挂着屠小昱拉提琴的照片。屠小昱看上去非常可爱，他百看不厌。很多时候，他来学校其实是看不到孩子的，他只是为了看看这张照片。

这天，吕新在广场上待了一个上午。中午在街头胡乱吃了一碗阳春面后，来到屠小昱的学校。吕新站在围栏前，看到一些孩子在相互追逐。屠小昱站在西边的一个角落，安静地看着操场上的一切。这时候，有一个男孩跑到屠小昱跟前指手画脚，还狠狠地踢了屠小昱几脚。屠小昱只是看着那人，没有还手。吕新血液一下子冲到脑门。怎么可以欺负人呢？这孩子，怎么这么老实。他吼了一声，想也没想，爬上围栏，跳入学校。那孩子看见了他，拔腿跑了。屠小昱眯着眼，奇怪地看着吕新。刚才在操场上跑来跑去的孩子也都停下来看着这个闯入者。吕新就冷静下来。他看了看周围，怕老师或门卫把他抓起来或赶出去。

他走过去，拉住屠小昱的手。屠小昱的小手紧紧地捏了一把他的手，好像反过来在安慰他。

"那个人是谁？"

"他是我同学。"

"他为什么打你？他怎么可以打人的？"

屠小昱低着头不回答。

"你为什么随他打的？你不会还手吗？人不犯我，我不犯人，人若犯我，我必犯人。懂吗？"

"同学都怕他。连老师也管不了他。他爸爸坐过牢的。"

"你说什么？"吕新的脸上露出惊愕的表情。

"他爸爸坐过牢，老师怕他。"

他对孩子有这样的看法感到非常奇怪。怎么会这样的？他都有些搞不懂了。

"坐过牢的就那么狠？"

"反正比我们班所有人的爸爸都狠。"

"他经常欺侮你吗？"

孩子点点头。

"告诉过爸爸妈妈没有？"

孩子摇头。

"为什么？"

"爸爸妈妈要伤心的。"

"要不要我帮你？"

孩子点点头，然后又摇摇头。他说：

"你打不过他爸爸。"

有一个孩子把吕新爬围栏的事告到门卫那儿。门卫向他走过来，一脸警惕，不过还算客气，问吕新是怎么回事。吕新要解释，屠小昱拉他的衣服，似乎不想让他说。他只好沉默。门卫又问屠小昱，他和吕新是什么关系。屠小昱茫然地看吕新。吕新说，我是屠小昱的亲戚。门卫向屠小昱求证，屠小昱说：

"他是我外公。"

吕新吃惊地看着孩子。感到自己的心里像是什么东西被捅了一下，暖洋洋的。屠小昱的小手又重重地握了他一把，像是在提醒他不要紧张，他只是撒了个小谎。他很想告诉孩子，他不是在撒谎，他说的是真的。他差点流出泪来。

一会儿就放学了。屠小昱回教室拿书包。屠小昱出来见吕新还在那儿，就拉起了吕新的手。屠小昱说：

"今天，老师在班上读我的作文了。"

"是吗？我可以看看吗？"

屠小昱从书包里拿出作文本，递给吕新。吕新翻开本子。作文的题目是《我的爸爸》：

> 我是个虚荣的人。我喜欢妈妈到学校来接我，喜欢妈妈来开家长会。因为妈妈长得很好看。但我不喜欢同学看到我爸爸，因为爸爸的脚有残疾，走路一高一低的。我觉得他很丢我的脸。

> 我问过我爸爸，他的脚怎么会这样的。爸爸说，他年轻的时候去南方参加过"自卫反击战"，同越南人打过仗。他在一次战斗中，中弹负伤了。爸爸说，他还立过三等功呢。

> 我不相信。爸爸一点军人气质也没有，他很随和，很平常，丝毫没有战斗英雄的样子。在我们的课本里，英雄都是高大的，英俊的，可我的爸爸，只不过是个理发师。他围着油油的围布（那围布好多年都没洗了），看上去像一个厨师，每天修理那些老头、

老太太的头发。而他自己的头发经常乱乱的。

可有一天，我翻箱子的时候，我真的看到了一身漂亮的军装，真的还有胸章呢，还有立功的证书。我觉得像做梦一样。这么说来，我的爸爸真的是一个英雄呢。

爸爸在我的眼睛里顿时高大起来。我觉得他走路一拐一拐的样子，也变得与众不同了……

读到这儿，吕新心里酸涩无比。他克制住自己的情感，摸了一把孩子的头，鼓励道：

"写得很好。"

这时，孩子站住了。他在看远处的某个地方。吕新抬头看去，发现红梅正站在那里，正看着他。她显得有些疑惑，目光一下子显得十分遥远。一会儿，她的眼眶似乎有点微微泛红。吕新也愣住了，这样骤然相遇，让他紧张得浑身发抖，好像此刻他的酒瘾又发作了。他涨红了脸，不知如何是好。孩子好奇地看了看他，然后向他母亲跑去。

"你别跑，慢慢走。"红梅好像很着急。

孩子跑到红梅跟前，回头向吕新招手告别。红梅再没看吕新，她低着头，带着孩子走了。走了几步，红梅突然转过头来望了他一眼。她的眼里有一种奇怪的神色，一种控制着的漠然。她似乎犹豫了一下，然后迈开步子，坚定地走了。

吕新站在那里。他像是大病了一场。他感到虚弱不堪。

他不知道红梅是不是认出了他。

九

吕红梅认出了吕新。

她有一种做梦的感觉。二十年前的事件已经十分遥远了，遥远得像是发生在别人身上。她也很少想起，在这个世上，还有一个亲人活着。有时候，她甚至真的相信自己是一个孤儿，没有来处。她想，他出来了。怎么会出来呢？不是判了个无期吗？她的思维一时适应不过来，好像全身被抽空了似的，有一种麻木的感觉。

事实上，这几天她一直有一种异样的感觉，她总觉得有一双眼睛跟着她。现在她知道她的感觉没错。她想起来了，这几天，屠宝刚和儿子一直在说对面的旅店住着的一个老头儿，琴拉得很好，人也很友好。原来是他。他出来了，找上门来了。

回到家，吕红梅对屠小昱说，我有点累，想在床上躺一会儿。屠小昱以为她病了，很担心。吕红梅说，你做作业去吧，我只是有点疲劳。

吕红梅躺在床上。最初的麻木慢慢消失了，她的肚子痉挛起来。随着肚痛，被埋葬的往事又回来了。她已经有好久没这样了，这病根是父亲把母亲杀了后因为惊恐而落下的。那时候，她真是想不通，自己会出生在这样一个家庭，会有这样一个父亲。

日子过得真的很快，转眼二十年过去了。想起自己这些年来的生活，她竟然有一种陌生感。

那年，吕红梅离开永城，只身来到这个城市。她干过很多活儿：饮食店的服务员，服装厂的粗工，晚报发送员。这些活儿都非常辛苦，且没有任何保障，老板说让走人就得走人，走的时候甚至都拿不到当月的工钱。直到有一天，她来到屠宝刚的理发店。那时候，理发店的生意比现在好得多。那年头，大家都还比较朴素吧，理发不怎么讲究，屠宝刚理的发干净、大方，比较适合人民大众的口味。不过，屠宝刚慢慢发现，这个城市出现了很多"温州发廊"或"广式发廊"，这些发廊都有年轻的姑娘在里面洗头按摩。屠宝刚是很能跟得上形势的人，所以，就拟了一个广告，欲招一名姑娘做洗头工云云，结果把吕红梅引来了。过了两年，吕红梅就和屠宝刚住在了一起。吕红梅到了法定婚姻年龄，两人就领了结婚证书。屠宝刚娶吕红梅这样一个外来妹的原因当然是因为他的腿略有残疾，娶一位本地姑娘似乎是件困难的事。至于吕红梅，因为家里出了这么大的事件，自认为是一个孤儿，对人生没太高的要求和欲望，她看到屠宝刚人老实、朴素，也乐观，就把自己嫁出去了。

最初，他们俩的日子过得安静而温馨。不久，他们有了屠小昱。屠小昱是个乖孩子，品性温和，几乎从来没让爹妈生气过。可是，上幼儿园时，有一天上舞蹈课，屠小昱由于太兴奋，突然晕倒了，几乎停止了呼吸。吕红梅接到老师的电话，听到老师电话里说话带着哭腔，知道儿子病情紧急，连忙赶到医院。医生告诉她，孩子患的是先天性心脏缺陷，最好的办法是去大医院做一个手术。不做手术的话随时有危险。

屠小昱第二次晕过去是一年后。这次吕红梅和屠宝刚都看到了，真是可怕啊，刚刚还活蹦乱跳的，顷刻之间脸色煞白，不省人事。吕红梅见了，差点也晕过去。她真恨不得把自己的心脏掏出来，给儿子。不过，她怀疑自己的心脏是否还健康，自从知道儿子得这种病以后，她总是心神不定，老是觉得自己的心脏脆弱得像要破裂，她因此经常感到呼吸急促。当然，她对自己从来不以为意。她甚至幻想，她得病可以换取儿子的健康。

这事让吕红梅下决心给儿子做一个手术。吕红梅开始想尽办法积钱筹钱。她省吃俭用，家里除了日常必不可少的费用，几乎没有什么支出。虽说手术也有风险，但总比这样一直提心吊胆的好。那真是受折磨啊。吕红梅为此去了一趟上海的医院，见了医生，了解了手术的费用。由于屠小昱心脏残缺严重，手术相当复杂，需要分几次做（如果一次完成恐怕有危险），所以，费用不菲，大约需要十几万元钱。对他们这样的人家来说，这几乎是个天文数字。她曾动过把老家的房子卖掉的念头，但这必须去监狱见吕新，相关手续需要他出面签署。她实在不想再见那个人。她一直有一个信念，她会有好日子的，会有好的未来。她一直在求证这样一个结果，想证明父亲加给她的不幸毁不了她。

从某种意义上说，吕新的出现，对吕红梅是件残忍的事情。现在，当她回顾二十年来的生活，她发现她的生活一团糟。她连为儿子治病的目标都无法达成。

想起自己这么多年来所受到的苦的源头就在这个人的身上，她心中那熟悉的怨恨又出现了。怨恨是那么强烈，就像她的胸口变成了一座火山，正在激烈地运动，岩浆正要喷薄而出。她在心里尖叫：

"我不能原谅他。我无法原谅这个人。"

大概儿子把她躺床上的事告诉了屠宝刚，屠宝刚上楼来看她，问她哪里不舒服。吕红梅突然发火了，说：

"告诉你们我没事。你们烦不烦！"

吕红梅脾气火暴，屠宝刚已习惯了。他猜想今天红梅可能受了东家的气。她能发火说明她身体没问题。他说：

"那你休息一会儿吧，我下面有客人。"

吕红梅看着屠宝刚一拐一拐地下楼，心里涌出一种歉疚来。她遏制不住流下了眼泪。泪水总是让她觉得畅快。她明白，面对这艰难的日子，流一流泪，便可以面对了，可以重新开始了。泪水总是可以把一切抚平。

流完泪，身体内部的不平和怨恨似乎也跟着消退了些。她稍稍平静了一点。这时候，她开始回忆刚才那一幕。当时，她几乎是一眼认出了他。二十年不见，他变得苍老了许多，但脸上的气质、他的眼神都没有大的变化。他的眼神里依旧有一种孩子式的天真和固执。这种气质有时候让他显得可怜巴巴的。是的，刚才当他看着她时，他眼神里的孤单，令人怜悯。

这时候，她听到楼下传来音乐声。是屠小昱在练琴。这段日子她太忙，顾不得陪儿子练新曲子。屠小昱在拉一首新曲子。柴可夫斯基的《练习曲》。屠小昱拉得断断续续的。一会儿，琴声突然流畅起来。她熟悉这声音。她马上猜到是他在拉。听着这熟悉的琴声，她的小腹里竟然涌出温暖的感觉。她记得小时候，他教她拉手风琴的情形。他把她抱在腿上，他的胡子经常扎痛她的脸和脖子。她从床上爬了起来，来到窗边。他站在理发室外面，在给小昱示范。

示范毕，他蹲下来和屠宝刚聊天。他摸出一支烟，递给屠宝刚。两个人吞云吐雾地说着什么。经常有屠宝刚的笑声从楼下传上来。他没笑，即使笑起来也挺压抑的。吕红梅猜不出他们在聊什么。不过，她看出了他的心思。他关心她的一切。他没来认她，但他已把她包围了。

她一直看着他，直到那人步履蹒跚地走向地下室。看到他如此苍老的模样，她还是感到辛酸。她虽然恨这个人，但这个人毕竟是她的父亲。他在牢里待了二十年啊。他也为自己的行为付出了代价。她的心软了一下。

她开始做晚饭。她做晚饭时，想那个人晚饭都吃些什么。

夜幕很快就降临了。城市的灯火向远处伸展，越远越灿烂。这个黑暗的街区像一个被人遗弃的孤岛。忙了一天，这会儿她真的有些疲劳了。屠宝刚还在理发店。她先上了床。一直是这样的，她是个嗜睡的女人，只要一空下来就睡觉，好像一辈子都没有睡够。但这天，她怎么也睡不着。她辗转反侧，直到屠宝刚回家。

"还没睡着？"

"嗯。"黑暗中，她的眼睛亮亮的。

屠宝刚好久没有见到妻子这样的眼神了。这眼神让他感到陌生。他去儿子那里看了看。儿子已经睡着了。他对红梅说：

"今天生意还不错。"

"嗯。"

"有一个家伙特逗，身架子很大，头很小，一定要我给他理个光头。我说不好看的，头这么小，理个光头就像个火柴头。那家伙说，他失恋了，要削发做和尚。"

"后来呢？"

"理了一半，他就后悔了。"

"那怎么办？"

"没办法，只好全理掉，后来他在店里买了个假发套。"

吕红梅笑了一下，笑得很压抑。

屠宝刚草草洗刷了一把，钻进被窝。红梅关了灯。他躺在那里，睁着眼一动不动。这时，红梅的手伸到他的胸口。他们夫妻已有很久没过性生活了。每次他回来，红梅都睡着了。他即使有欲望，也不敢把红梅弄醒。红梅一直对这事没什么兴趣。自从儿子查出这样的毛病，红梅的脾气变得不好。结婚以后，这个家慢慢由红梅主导着，一切听红梅的。红梅除了性冷淡，算是个好女人。她为这个家操碎了心。他奇怪今天红梅怎么有了兴趣，怎么这么主动。

完事后，屠宝刚想问红梅今天是怎么啦，不睡觉还等着他。但觉得可能会自讨没趣，就忍住了。红梅好像还没睡意。在黑暗中，她眨巴着眼，好像在回味什么事。

"宝刚，刚才那个老头儿同你说什么来着？"

"啊？想不起来了。对了，他一直在和小昱玩。"

"他住在对面的旅店吗？"

"是的，他在帮人推销旧西服。"

"他好像挺关心你的嘛？"

"是个少有的好人。经常到店里来剪头发，这个月来剪了三次了，其实他的头发够短的了。我都不好意思收他的钱。但他不肯，一定要给我钱。"

"噢，你上次说他是永城人？他没说起永城的事吗？"

"没有。"屠宝刚想了想，又说，"他挺喜欢小昱的。"

"是吗？"

"他琴拉得挺好的。这个老头儿，看不出来，还有这一手。"

吕红梅的眼红了，她怕屠宝刚发现，苦笑了一下，说："不早了，睡吧。"

十

每天早上，吕红梅去替别人家做钟点工。她一天要做三家，连续干十几个小时的活儿。

自从她认出吕新后，她的情感相当复杂。她自然会不自觉地关注这个人。当吕新同丈夫和儿子说话时，她会竖起耳朵。她也想过去认他，但她发现这很难。这事让她觉得害怕。她不知道自己为什么害怕。再等等吧。她一直对屠宝刚和屠小昱说，她是个孤儿，现在突然多出一个爹来，她不知如何同他们解释。她只好继续假装不认识这个人。

她发现吕新的老板是黄德高。她是认识这个人的。几年前，她在一个舞厅里坐台，她听姐妹们说起过这个人。姐妹们说黄德高神通广大，有很多走私物品。她曾通过姐妹买过一些水货，然后推销给客人。总之，这个人背景相当复杂。吕红梅有点担心吕新和这样的人混在一起会没有好果子吃，弄不好又会犯出什么案子，被抓去坐牢。

她在广场边的一幢高楼里有一家客户。每个星期四她得来打扫一次。每次，吕红梅来这家干活儿都碰不到主人，要到每月拿工钱的时候，才见到女主人。女主人名叫叶晓奕，人长得很漂亮。从墙上的照片看，她应该是演戏的。这一家的卧室里，有一张婚纱照。照片上的男人应该是女人的丈夫。有一次这个叶晓奕曾说起过，她的丈夫不在这个城市里。照片上，她的丈夫很矮小，看上去甚至有些委琐。每次看到这张照片，吕红梅都会有"一朵鲜花插在牛粪上"的感叹。当然墙上挂着的主要是女主人各式各样的照片，有的是戏装，有的是艺术照。照片上女主人倒是挺风光的，可她家装修得其实非常普通。吕红梅虽只是个钟点工，但她在替十多家客户干活儿，也算见识过了，在她的客户里这一家的格局可以说是最差的。这家子经常弄得乱七八糟的，可以看得出来，女主人很懒。

照片上女主人脸很细腻，但现实生活中女主人的脸却是非常倦怠的。吕红梅有时候觉得这是纵欲的结果。当然，她这样想没有根据。她只是觉得这么漂亮的女人，老公又不在身边，外面没有男人才是怪事呢。叶晓奕这个名字就像是做别人情妇的名字。

因为一般碰不到女主人，吕红梅在这里打扫时总是非常放松。还有这里的乱也让吕红梅觉得亲切。她偶尔会翻看女主人的东西。这天，吕红梅发现他们家的保险柜开着，她就打开来看了看，里面什么也没有。她倒是有些奇怪保险柜打开着，但又想，这家的女主人似乎是个粗心的人，也就见怪不怪。她把保险柜关上了。

她按部就班，在屋子里擦洗。一会儿，她就擦拭到了东边的窗台上。站在窗口可以看到广场上的一切。立交桥广场像往日那样混乱而热闹。她看到吕新正和那些外地人坐在一起，有说有笑。这时，人群突然骚动起来。她看到一帮人围住了另一帮人。她知道他们这是在打群架。她有好次见到这些人打架。安徽人和四川人打。都动了刀子。她很替吕新担心，她希望吕新别参与其中。他这么大岁数了，有个三长两短就完了。还好，吕新站在一边，很安静，他甚至没去围观。

中午的时候，吕红梅把这一家的活儿全干完了。她坐下来，从包里拿出一只铝盒子，这是她自带的中饭，她打算吃完后去另一家做。她吃得非常简单，菜都是昨晚吃剩下的。为了替儿子积钱，她已习惯了过俭省的生活。

她从高楼下来，发现吕新正在啃一个白面包。也没水，也没菜，但他似乎啃得津津有味。他大口大口地下咽，喉结鼓得高高的。他一边吃，一边还同那些乡下人开着玩笑。某一刻，他似乎意识到有人在观察他，他抬起头，看见了红梅。他停止了嚼动，脸上露出一种柔软的表情，就像一只狗在讨好主人。红梅赶紧移开了目光，假装什么也没看见。她加快步子，迅速离开了广场。

街头已经能感觉到浓郁的冬天气息了。人们都穿起了厚棉衣，把自己裹得紧紧的，他们走在大街上，看上去像一只只企鹅。

十一

吕新不像开始时那样对红梅小心翼翼了。他熟悉了这一带的环境，熟识了屠宝刚、屠小昱，他慢慢有了一种安定下来的感觉，好像这里是他的家。他也不回避红梅了。他还是不能认定红梅是否认出了他。有几次，他和屠小昱在一起玩的时候，红梅的脸是漠然的。

一天，吕新见理发店没生意，又要叫屠宝刚剪头发。屠宝刚说，这么短时间你都理了好几次了，不好意思再赚你的钱了。吕新说，没事，你给我洗洗头，吹一吹，年纪大了，我得学会享受。屠宝刚说，老头，要享受你要找发廊，那儿有小姐。吕新问，我都老了，哪还有这样的心思？屠宝刚呵呵一笑，说，老头，你不老。

吕新问屠宝刚：

"你怎么不去开一家发廊？你守着这个店也不是个事，这里太偏僻，生意不好。"

"老头，不瞒你说，前几年我和红梅在广场边上开过一家，但不行，开发廊的都是俊男靓妹，我一个残疾人在发廊里一站，那些时髦男女都不来。"屠宝刚一边说一边苦笑。

吕新听了，无言。一会儿，他问：

"你这腿是南边打仗落下的？"

好像是说到屠宝刚的痒处，屠宝刚马上兴奋起来，眼睛闪闪发光。他说：

"他娘的，年轻时吃了豹子胆，根本不怕死，在子弹缝里钻来钻去。"

"你是个英雄。"

屠宝刚嘿嘿一笑，开始讲述他的英雄史。战争在他的嘴巴中打响，分外壮烈。不知怎么的，吕新突然有一种悲哀的感觉。

屠宝刚正说到兴头上，吕红梅进来了，叫屠宝刚帮她卸货。吕红梅进了一批货，是洗发液之类的物品，叫了辆三轮车，把货运到了门口。屠宝刚说，我这里有生意，你替大爷洗个头。红梅说，好吧。

吕红梅进入理发室，才知道那个洗头的人是吕新。她愣了一下。她发现他似乎也很紧张。他低着头，脸一直浸在水中，好像怕她认出他。她都担心他这样会憋坏。她心软了一下，就过去给他洗头。当吕红梅的手触碰到吕新的头发时，吕红梅的心像是被什么扎了一下，有点隐隐作痛。这是她二十年来第一次触摸吕新的身体，手仿佛有着自己的记忆，随着她的手在吕新的头发上移动，过去的感觉又回来了。她闭上眼睛。眼前浮现出从前的一幕。他还没酗酒的时候，她喜欢抚摸父亲的头发。他的头发比以前硬多了。以前一头浓密的黑发，如今已经灰白夹杂。她对头发的性质是非常了解的。头发越来越硬的人，一般来说是吃了大苦的人。这二十年，他一定是吃尽了苦头。她替他的头按摩，做得相当仔细。

吕新猜不透红梅的心思。不过，慢慢地，他放松下来。他闭上眼睛，仔细体味红梅的抚摸。那是他日思夜想的女儿的手啊。他的心暖洋洋的。他觉得眼泪都要流下来了。幸好，他的脸上还有水珠，看不出来。他抬头朝镜子里看了一眼。红梅脸色苍白，看上去相当疲劳。有一回，他的眼神和红梅的眼神对在了一起。他发现红梅的眼眶红红的，显得有些慌乱。似乎怕吕新发现，她迅速把头转了过去，和正在搬东西的屠宝刚说了几句话。

一会儿，屠宝刚搬好货，回到了理发室。

"我来吧。"他说。

红梅拿起毛巾，擦了擦手，让给屠宝刚。

"你去歇一会吧，你气色不太好。"

"没事。我还得去做事。"

说完，红梅走出了理发店。吕新吁了一口气。红梅出去后，他觉得理发店变得冷清了许多，空旷了许多。好像理发店一下子有了一种人去楼空之感。他有点失望。他和红梅这么近，但红梅似乎依旧没有认出他来。

镜子里，吕新的眼睛红红的。屠宝刚细心，问，怎么啦？他掩饰道，是沙眼，经常发作。他说，沙眼没有办法，快一辈子了，随它去。吕新说话时，一直盯着自己的胡子看。

他认为红梅没认出他来或许同他蓄了胡子有关系。红梅没见过他养胡子的样子。他打算把这胡子理掉。屠宝刚说：

"老头，你养着胡子还挺好看的，刮掉了可惜。"

他摇摇头，说：

"刮掉刮掉。"

屠宝刚似乎还想劝他。他说，不要再说了。屠宝刚于是拿着刮胡子刀，左看右看，他不知从哪里下手。吕新催促他快点，别像个娘儿们似的。屠宝刚摇了摇头，开始动手。

刮完胡子，吕新照镜子。镜子里的自己有些让他陌生了。他的左脸有一道伤痕，是在某天酒醉后，酒瓶子划伤的。这道伤疤让他看上去有一股子邪气。

"老头，我说过，你养胡子好，和和善善的。你现在的样子，像……"屠宝刚不好意思再说下去。

吕新刮完胡子，来到广场上。好多人都认不出他来。有些人见到他甚至有害怕的表情。他的老板黄德高见到他愣了有几分钟。他说：

"你现在的样子才像一个杀人犯。"

最近几天，那个马脸男人一直没来地下室住。这天，吕新在广场上碰到了马脸男人。他穿着吕新给他带去的旧西服，显得神气活现。他好久才认出吕新。他对吕新说，你这条疤痕好，别人都会怕你。他告诉吕新，这几天他手气特别好，赢了一大把钱，现在他住在五星级酒店里。他说这话时，已像一个大佬了。

十二

几天以后，黄德高要请吕新喝酒。吕新觉得自己哪有资格喝黄董事长的酒，连连推托。黄德高亲热地搂着吕新的肩，说：

"我早说过，我们一条道上的，是朋友，你客气什么呢。"

又说：

"凡是里面出来的，都是朋友。这世道，没朋友寸步难行。"

吕新拗不过黄德高，就跟着他进了附近一家小饭馆。黄德高点了酱爆螺蛳、油炸花生、盐水鸡爪等家常菜，又叫了一斤黄酒。

吕新一动不动坐在那里。黄德高给他倒酒，他连忙把杯子捂住。他说，我不会喝酒。黄德高像看怪物那样看着他，说，喝一点，喝一点。于是，把吕新的酒杯倒满了。吕新看着酒杯里黄黄的液体，一时心思复杂。他出事后，真还没喝过酒。虽然牢里面也是可以搞到酒喝的（狱友们有的是办法，总是能把那些监狱禁止的物品通过一定途径带进来），但他没碰过这玩意儿。这玩意儿真是香啊，香气从鼻腔里进入，迅速把他全身的细胞激活了，好像这些细胞有着自己的主张，根本不受他的控制。这感觉他太熟悉了，有些让他害怕。

黄德高端起酒杯，和吕新碰了一下，说，喝。然后一饮而尽。吕新用嘴唇碰了一下酒。他尽量不去闻香味，尽量把自己的味觉和嗅觉取消，就当自己在喝一杯白开水。

一杯酒下肚，黄德高的话多了起来。开始他的话题飘浮、空洞，以感叹人生为主。慢慢地，黄德高倾诉起自己的经历来。他说：

"你应该留着胡子，胡子让你看起来像个艺术家。"

说完这句话，他诡秘地笑起来，说：

"我是一个诗人。"

吕新感到有些新鲜。他怎么也难以把一个卖旧西服的人和一个诗人联系在一起。

"怎么，你不相信？我确曾写过诗，出过好几本诗集。"

黄德高替自己斟满酒，又牛饮了一口。酒从喉咙下去时，喉结愉快地涌动了一下。吕新能想象出酒在口腔滑动的快感。

"我最擅长写爱情诗。我可怜的身体，如此消瘦，像这个国家一样贫瘠，一如我的出身，饥饿是我的灵魂。忍受匮乏，罪孽深重。亲爱的，你是我渴望的滋润，让我清洁……"

吕新知道他在背诵诗歌了。他听不懂。不过，意思大致听出来了，这家伙在诗歌里很消瘦，可实际上很壮实，像一个董事长一样油光水滑，所以感觉反差极大。

"写得如何？"

吕新好脾气地笑了笑，说：

"我不是太懂。"

"诗歌没有懂和不懂，就像音乐，是用来听的，用耳朵。"黄德高说到这儿，陶醉地笑了一下，"你不懂，女人们懂。"

"那你应该朗诵给姑娘们听。"

黄德高脸上露出意味深长的笑，指着吕新说：

"我经常这样干。"

于是，话题转到女人身上了。喝酒、谈女人真是人生乐事啊。再说，关于女人，黄德高真有一肚子话啊。黄德高开始他的女性之旅。"女人是世上最美好的事物。"他断定，"在女人面前，所有的比喻都显得蹩脚，所有的诗歌都黯然失色。"他的语言华丽。接下来，他谈女人的气质、容貌、身体、器官及在女人身体里的感受。他这样谈的时候好像眼前站着一排女人供他指点江山。后来，他谈起了自己的遭遇。

"他们都说我是个风流鬼。你知道我是怎么被关进去的吗？"

吕新摇摇头。

"搞女人进去的。我搞了一个军婚。那女人的老公是个军官，上尉。结果，被判了刑。纯粹是冤案。"

说完，黄德高十分满足地笑起来，好像坐牢对他是件无上光荣的事。吕新觉得黄德高今天特别可爱，他都怀疑他喝醉了。

吕新就慢慢放松了。他本来以为黄德高有事找他。或者会向他问一些问题（他不愿别人问他的事）。现在看来，黄德高找他喝酒，纯粹是需要一个听众。

但吕新错了。黄德高胡言乱语了一通后，突然变得严肃起来。他说：

"同你说点正经事。"

吕新又紧张起来，看着黄德高。

"想挣钱吗？"

吕新当然想挣钱。不知黄德高葫芦里卖的是什么药。

"我这里有一单子。你干不干?"

"什么单子?"

黄德高严肃地看了吕新足足有一分钟。然后,他就讲了所谓的单子:有人出钱想把一个仇人做掉。黄德高认为吕新杀过人,又坐了二十年牢,缺钱花,也够狠,是个合适的人选。

吕新听了,竟然有些委屈。他想,亏黄德高想得出来,竟然把他当杀手。他有那么可怕吗?他当场否定这个提议。他说,他已洗心革面,只想做个守法公民。

但黄德高似乎认准了吕新,反复做他的思想工作。他说,那个家伙是个坏人。死有余辜,任何人杀他都是为民除害。黄德高开始列举了那家伙所干的坏事。他在城郊接合部出租房子给外地人和小姐。组织外地人,利用小姐敲诈嫖客。可以说无恶不作。最重要的是诱奸了当事人的女儿。当事人决定出十万元钱,把他做掉。

吕新安静地听了半天,然后一口把杯子里的酒干了,说:

"你另找别人吧。"

十三

一天傍晚,吕新和屠小昱在理发室门口闲聊。屠小昱说起班里的事。屠小昱说,他们班上有好几个同学都去过澳大利亚、新西兰、东南亚什么的。屠小昱说起这个事来,一脸羡慕。屠小昱说，他什么地方都没去过，还没离开过这个城市，连火车都没坐过呢。吕新听了，有些心酸，问屠小昱，最想去的是什么地方。屠小昱说，上海。吕新想了想，悄悄对屠小昱说，过些日子，我带你去玩。屠小昱脸上兴奋了一下，但马上又黯淡下来。他说，我妈不会同意的。吕新说，我们瞒着她，当天去当天回，没有人会知道的。屠小昱的眼睛放出光芒来。

这时，一个女人气冲冲地朝这边走来。女人很漂亮，衣着时髦，看上去比较张扬，也很惹眼。她在理发店门口站住，看了看手中的纸条，然后进了理发店，问屠宝刚，吕红梅是不是住这里？楼上吕红梅听到有人找她，赶紧下来。

来人是叶晓奕，就是广场那人家的主妇。吕红梅不知道叶晓奕为何突然来找她。吕红梅看着叶晓奕来者不善的样子，小心地问，你有什么事吗？叶晓奕说，我家东西被人偷了。吕红梅想起前几次打扫卫生时，她家保险箱门打开着，心猛然跳起来。吕红梅说，什么东西？叶晓奕说，是首饰和一部分现金被人偷了，价值大约二万。吕红梅说，报警了吗？叶晓奕恶狠狠地看了吕红梅一眼，说，你跟我去我们家。吕红梅想了想说，好吧。

两个女人从楼上下来时，吕新在一旁观察她们的脸色。吕红梅神色严峻，好像出了什么大事。等两个女人走远，吕新问屠宝刚：

"刚才那女人是谁？"

"不清楚，好像是一个顾主吧。"

"出什么事了？"

屠宝刚摇摇头。

后来，吕新回到了地下室。不过，他一直没有睡。他站在窗口，观察着对面小楼的情况。他或多或少有些不安，刚才那女人的气势，好像要把红梅吞吃了似的。红梅会不会遇到什么麻烦呢？

红梅是过了十一点才回来的。她看上去非常疲惫也非常担忧。她回到家，就和屠宝刚在诉说着什么。说着说着还哭了起来。这让吕新非常焦虑，他甚至想去红梅家里问一下情况。这显然是不妥的。他以什么身份去问他们呢？他去了也许反而给他们添乱。他看到红梅和屠宝刚在忧心忡忡地讨论问题，他们一边叹息一边摇头。直到凌晨，他们才关灯睡觉。这天晚上，吕新没睡着觉，他忧心忡忡地猜想着红梅究竟有什么麻烦。

第二天，吕新没去广场。屠宝刚的理发店刚开张，他就往那儿跑。他几乎是冲过去的。屠宝刚脸黑黑的，一副心事重重的样子。吕新就问屠宝刚，昨天那女人为什么找上门来。屠宝刚就把情况告诉了吕新。

"那女人怎么会认为是红……你老婆偷的呢？"

"门没有被撬过，除她之外只有红梅有她家的钥匙。"屠宝刚说，"红梅连说也说不清楚。"

"那女人想怎么办？"

"女人要红梅把她的首饰和现金还给她，否则她要把红梅告到警察那儿。"

"让他去告好了，没偷就是没偷啊。"

"我也这么对红梅说。"

"这个女人怎么能这样?"

"是啊。这事真是冤枉死了。"

"那你们打算怎么办?"

"只好让她去告了。没办法,晦气来了,躲也躲不掉的。"
屠宝刚无奈地苦笑了一下。

"你老婆呢?"

"干活儿去了。家政公司安排好的,她不去的话,会被
开除的。"

吕新隐约感到这件事不会那么简单。如果弄到警察那
儿,红梅未必能说清楚。

吕新看了屠宝刚一眼。这个男人这会儿一副逆来顺受的
样子。他突然对屠宝刚有些生气。不过后来想想,要怪也怪
不得屠宝刚。一切的源头都在他这里。是他害了红梅,让她
过着这样的生活,而他对她目前的处境无能为力,他因此很
恨自己。

十四

下午,吕新躺在地下室的床上,茫然地看着天花板。街
区非常安静,安静得让他感到不真实。在牢里面,吕新最怕
的就是这样的安静,安静往往意味着有什么事正在酝酿。在
狱友们中间,经常会有摩擦发生,如果大张旗鼓地吵闹,那
没事,如果两拨人马安静下来,那事情就大了。安静的时刻

是吕新最为警觉的时刻，这已成了他的一种本能反应。现在，吕新觉得在安静的深处有一些他无法控制的事件正在酝酿之中。

下午四点钟左右，那个马脸男人又回到了地下室。他的样子有点鬼鬼祟祟的。吕新因为心里不踏实，同马脸男人打了声招呼后，就不想说话了。马脸男人看上去有些惊恐，仿佛是为了抵抗恐惧，他和吕新喋喋不休起来，让吕新不胜其烦。

马脸男人说，他住到这个下三烂的地下室完全是为了躲避。他说他现在有的是钱，他这段日子赢的钱他一辈子都花不完，住五星级宾馆没问题。他说，他这段手气太顺了，顺得他自己都害怕。他一开赌，赌场的钱都往他口袋里流。他赢得太多了，有人都眼红了。他们说他出千。他们要他把钱吐出来，否则要杀了他。他没办法，只好先躲起来。马脸男人说，躲过这一阵就没事了。

这时，窗外一阵骚动。在傍晚的光线下，两个穿着制服的警察，开着一辆110警车来到理发室前面。巷子里一下子蹿出一帮看热闹的居民，刚才还很安静的街道顿时变得热闹起来。吕新心沉了一下，抛下马脸男人，迅速走出地下室。两个警察面无表情地和屠宝刚说着什么。一会儿，红梅从楼梯走下来。她脸色苍白，不过看上去还算从容，好像她早已料到会有这一幕发生。吕新一直看着红梅，红梅没看他一眼。警察轻声地同红梅说明来意，然后带着红梅，上了一辆警车。围观的人们开始议论纷纷。他们做着种种主观臆测，什么样的说法都有。听着这些无中生有的话，吕新很想给他们几个耳光。

屠宝刚这会儿显然已没了主意。吕新把屠宝刚叫到一边，让他赶紧去派出所，先把情况打听清楚再说。屠宝刚点点头，关了理发室的门。吕新告诉屠宝刚，小昱他会照顾的，让他放心好了。屠宝刚重重地握了握吕新的手，说，红梅的事，先不要告诉小昱。吕新说，知道，我就告诉他，他妈妈有事出远门了。屠宝刚说，谢谢你，你是个好人。

吕新回到地下室。他想先喝口水，再去接屠小昱。

那个马脸男人刚才没出门。他怕有人认出他来。他一直趴在地下室的窗口看热闹。他见到吕新回来，就从窗口跳了下来。

"我认识那个女人。"

吕新愣了一下，问：

"谁？"

"就是警察带走的那个。"

"你怎么认识的？"

"跳舞时认识的。四五年前吧，她做过陪舞。"说到这儿，马脸男人的表情突然变得下流起来，"我不但认识她，还睡过她，她是一只鸡。"

"你说什么？"吕新的脸一下子变得漆黑，他目光锐利地看着那男人，问，"你说什么？"

马脸男人见吕新板下脸来，感到有些莫名其妙，他又轻轻说了一句：

"她是一只鸡。"

吕新突然发力，掐住了马脸男人的脖子。

"你想干什么，你想干什么。"

马脸男人拼命挣扎。吕新这二十年都在干体力活，手劲很大。马脸男人根本没办法招架。马脸男人的脸越来越红，慢慢地变成了紫色，连他的眼睛都要绽出来了。这时，吕新放手了。

"你他娘的管好你的嘴巴。"

吕新压了一下手指，就出门了。

马脸男人拼命地喘气，然后呕吐起来。马脸男人在背后吼道：

"你等着瞧，老头，老子饶不了你！"

吕新头也不回，去接屠小昱了。

十五

如吕新预感的那样，红梅的问题果然很严重。

屠宝刚回来对吕新说，警察认定保险箱里的东西是红梅偷的，因为保险箱上都是红梅的指纹。

"她在打扫卫生，当然会留下指纹。"吕新说。

"警察说，连保险按钮上都是红梅的指纹。"

"那怎么办？"

"警察一时半会儿不会放了红梅。"

"这怎么行。在里面你老婆要吃苦头的。"

屠小昱见两个大人慌慌张张地说话，就出来问，出了什么事？屠宝刚说，没事，我们聊会天，你做作业去吧。屠小昱发紫的嘴唇抖动了一下，又问，妈妈究竟到哪里去了？屠宝刚苦笑了一下，说，妈妈去永城了，有事。屠小昱继续追问，妈妈在永城不是没亲戚了吗？屠宝刚有些不耐烦了，说，你怎么这么烦人啊，你放心吧。屠小昱看了看吕新，吕新说，进去吧，你妈妈明天就回来。

吕新要屠宝刚再找找那个叫叶晓奕的女人，她不能这样冤枉人啊。屠宝刚是在剧院里找到那女人的。那女人根本不理屠宝刚。

吕新突然有了一个新的想法。红梅没干这事，那一定有人干了，否则保险箱里的东西不会自动溜走。只要找到那个真正的贼，红梅就没事了。

吕新在牢里面待了二十年。这二十年虽然与世隔绝，但对这个社会的了解比没进去之前要来得深入和透彻。从那些狱友身上，他知道这个社会看不见的地方存在着所谓的"暗流"，这些"暗流"并非杂乱无序，而是自有其规则。凭感觉吕新觉得黄德高应该是个神通广大的人，他或许能弄清楚这桩事情。

黄德高不在广场。吕新就打他的手机。黄德高问吕新有什么事，吕新说想找他谈谈。黄德高似乎挺兴奋的，说你想通了？吕新不知可否地嗯哈了一下。

一会儿，黄德高来到广场。他们找了个偏僻的地方。吕新就谈了红梅的事，希望黄德高帮忙查一下究竟是谁偷了那女人的东西。黄德高似乎有些不高兴，但最终他还是答应了。他说：

"好吧，我去查查。老头，你欠我情了。"

吕新说："我会报答你的。"

黄德高满意地点了点头。

黄德高很快就查出了那女人失窃的原委。偷走首饰和现金的不是别人，是女人的情人。这男人比女人年轻十岁，是某保险公司的理赔员。这个人能说会道，会哄女人，可以说是个专吃软饭的高手。叶晓奕被这个人哄得晕头转向，以为找到了真爱，对这人宠爱有加。这个人最大的毛病是嗜赌，但他近来手气不好，输红了眼，有一天见叶晓奕保险箱没锁，就顺手牵羊，拿走了所有物件和现金。

黄德高交给吕新一袋资料，有男人赌钱的照片，还有叶晓奕丢失的首饰的照片。可谓证据确凿。

十六

吕新虽然对这个叫叶晓奕的女人很不满，但知道真相后，还是挺同情她的。他了解这些女演员。从前他所在的剧院都是像叶晓奕这样的女人。她们漂亮艳俗，喜欢占小便宜，以为可以玩弄男人于股掌之中，但她们毕竟是戏子，她们只不过是自作聪明罢了，到头来，她们发现受骗上当的是她们自己。这是她们的宿命。

吕新知道，如果他把这些材料交给警方，那么叶晓奕将会身败名裂。像她这样的人也算是社会名流，折腾不起的。也许因为他自己在剧院里待过，他愿意站在叶晓奕的角度想问题。他决定去找叶晓奕，这件事私了比较好一点。

他打听到叶晓奕所在的剧院在城北的一个电影院的楼上办公，离广场不算太远。

天气越来越寒冷了。走在街头，瑟瑟的北风吹在脸上，肌肤都有点生痛。街头的树枝，光秃秃地向天空伸展，寂寞地在风中摇晃。一会儿，吕新来到了剧院。

他进去的时候，叶晓奕正在舞台上排戏。影剧院里面显得很暗，后排有一扇窗大概坏了，光线坚硬地射进来，那光柱的样子就像一根倒在地上的石膏柱子。舞台下面空空荡荡的，前排有几个老头儿老太在观看排演，大概他们就是所谓的铁杆戏迷。吕新在后排找了个位置，坐下来等。

吕新有一种重回往日的幻觉。舞台、乐器、观众、演员，这一切他是多么熟悉。从前，他就坐在后台的某个角落里，和那些乐师一起，随着剧情的发展演奏着音乐。他是剧团的多面手，他既会拉二胡，又会敲扬琴，有时候在乐队里同时兼任这两种乐器，忙得不亦乐乎。从乐师们的位置，可以清楚看到台前及台后所发生的一切。刚刚还在缠绵悱恻倾诉衷肠的那一对，到了后台也许就会大打出手。后台的戏比前台要有趣得多。吕新常发感叹，演员们的美好只在舞台上，在现实中，他们比谁都令人难以忍受。

他们正在排一出民国戏。应该是新编的戏剧，吕新以前没看过。民国的服装还是有特点的，虽然少了水袖，但女人看上去还算妖娆。越剧如果不妖娆了，还有什么呢？叶晓奕在剧中扮演一个疯女人。在剧中，女人因为失去儿子发了疯，错把女儿当儿子。后来家人把疯女人关了起来。有一天，疯女人逃出来，把女儿带走了，她们藏匿在桥下的一条破船上，疯女人靠偷窃为生。是一部关于母爱的戏剧。应该说，叶晓奕无论唱腔和演技都还不错，情感投入，唱功也算深厚。一时，吕新甚至有些被叶晓奕迷住了。

一会儿，到了休息时间，排练暂停。吕新知道，演员们可能去化妆间补妆了。吕新凭着对剧院设施的熟悉，顺利地找到了化妆间。化妆间里，有些演员正在换衣服，有些穿着三点式，旁若无人地走来走去。他太熟悉化妆间里的事了，他一点异样感也没有。他不声不响来到叶晓奕身边。

吕新的出现把叶晓奕吓了一跳。叶晓奕虽然不高兴，但她以为吕新是她的戏迷，所以也没有把情绪表现出来，反而笑容满面地问他有什么事。吕新就说：

"我想和你谈谈。"

"什么事啊？"这回，叶晓奕真的不高兴了。

"吕红梅的事。"

"你是谁啊？"叶晓奕高叫起来。她看到别的演员好奇地朝她这儿张望，她压低了声音，"不谈不谈，有什么好谈的。到警察那儿去谈。"她不耐烦地挥了挥手。

"你不要激动。"吕新显得气定神闲，"你看看这个再说。"

"什么啊？"

"你看看就知道了。"

叶晓奕有些迟疑，就好像这信封里面装着某种不祥的东西，可她究竟是有好奇心的，一会儿，她小心地打开了信封。她看到照片，没有吃惊，好像信封里昭示的事实早在她的预料之中。某一刻，她表情木然，好像思维已经凝固了一样。一会儿，她的眼泪大颗大颗地滴落下来，把她脸上的妆都冲洗得斑驳迷离。

"他怎么可以这样？我对他那么好。"

她好久才轻轻地说出这句话。然后突然尖叫了一声，哭出声来。好像是怕周围的人看到，她冲出化妆间。

吕新拿起信封，跟了上去。周围的人不知发生了什么事，看着吕新。她们的表情是冷漠的。从这种表情中，吕新感觉到这个叫叶晓奕的人处境并不好，至少周围的人对她并不友善。

叶晓奕站在通向厕所的一个角落里压抑地抽泣。看得出来她在努力地控制自己，但显然她是个控制能力很差的人。吕新有些可怜她。

"其实我感觉到了的，只是不敢相信，也不想去相信……"

吕新一直沉默地立在一旁。他不知如何劝慰这个女人。后来，这个女人好像下了天大的决心，一把擦干了眼泪。她的眼里面寒光闪烁。她说：

"你想怎么办？"

"我是为你好，这事传出去总归不太好，懂吗？但你也不能冤枉吕红梅，她是个好人，你去派出所把案子销掉。"

她点点头，说：

"对不起。"

吕新想，这个女人究竟还是善良的。他想了想，叮嘱道：

"如果警察问起来，你就说，是好朋友拿了，现在又放回去了。"

她点点头。

"不过，你得下决心离开那个男人，他是个浑球。"

"谢谢。"她说。

十七

傍晚的时候吕红梅被从派出所放了出来。

那个叫叶晓奕的女人告诉了她事情的真相。她虽然吃了一点苦头，但她原谅了叶晓奕。她觉得这女人的命也不好。吕红梅虽然日子过得拮据，但她有的是同情心。当然她这么有同情心还同她内心的感动有关。她从吕新的行为中感受到一种久违的被关心的感觉，在她十五岁之后从来没有再指望过有人来关心她，给她一个依靠。有一个人可以依靠是温暖的。她想，不管他有多么可恶，不管她曾经多么恨他，他毕竟是她的父亲（虽然她很难开口叫他父亲），她无法割舍去这份联系。

从派出所出来，吕红梅下定决心，打算认吕新了。但她还面临一系列问题，就是如何向屠宝刚及小昱解释。多年来，他们一直认为她是个孤儿，现在，突然说她有一个刚刚从牢里出来的杀人犯父亲，他们听了一定难以接受。她想，她得找个机会先好好同屠宝刚谈一谈。待屠宝刚接受下来，才能把吕新接到家里来。在小昱这里倒是容易解决，因为吕新和小昱似乎玩得特别好。吕红梅看到老少俩在一起，他们的动作和行为方式也有颇多相似之处，感叹血缘这东西真是奇妙。

屠小昱见到妈妈回家，神色有些古怪。他的脸色像平常那样苍白，没有血色。看到这张脸，吕红梅就会焦虑起来。

"妈妈，你昨晚去哪里了？"

"妈妈去外地了，有事。"

屠小昱瞥了吕红梅一眼，低下头，好像想说什么，又忍住不说了。

吕红梅在派出所待了一天一夜，人很疲劳，也有点饥饿。但家里没吃的东西。她也不想再做饭了，她想慰劳一下自己。她把屠小昱叫过来，让他去街头买几个肉包子。她本来想买三个的，她一个，屠小昱一个，屠宝刚一个。又想了想，就让屠小昱买五个。见屠小昱没有去的意思，吕红梅催促道：

"你快去买包子呀。你还有什么话吗？"

屠小昱就一声不响地走了。

吕红梅有些疑惑，这孩子今天怎么啦。

屠小昱买回包子后，吕红梅递了一个给屠小昱。屠小昱贪婪地吃了起来。红梅问儿子香不香啊，儿子心情这会儿好多了，快活地点点头。然后，她又拿出其中的两个，对儿子说：

"你把这个送给教你提琴的老头儿，去谢谢他。"

屠小昱高兴地拿着包子来到地下室。吕新正在和马脸男人吵嘴。马脸男人对自己差点被掐死一事耿耿于怀。他一脸严肃地要吕新道歉。他说：

"你道歉了，我原谅你，否则，你不会有好果子吃。"

又说：

"我现在不方便，等我方便了，你就完了。"

听着马脸男人喋喋不休的四川话，吕新心里就厌烦。他在牢里面待了二十年，什么没见识过？难道还会被这样的话语吓着？吕新根本不理睬那人。这时，他看到屠小昱拿着两个包子进来。他不想让屠小昱听到马脸男人胡言乱语。他这张乌鸦嘴什么话都说得出来。吕新拉着屠小昱来到一楼。在爬楼梯时，屠小昱交给吕新一包东西。

"这是什么？"

"你打开看看。"屠小昱说着咽了一下口水，"我妈让我给你的。"

吕新听了这话，心里暖了一下。他站住了，颤抖着打开纸，里面是两个热气腾腾的包子。不知怎么的，吕新心里涌出既甜蜜又委屈的暖流，这种情绪同一个淘气的孩子受到母亲意外的奖赏有点类似，他顿时老泪纵横。现在，他确信红梅已经认出他来了。

孩子奇怪地看着他。他赶紧把泪水擦掉。他笑起来，笑得分外灿烂。

"谢谢你妈妈。"

他把其中的一个塞到嘴里，把另一个包子递给屠小昱。屠小昱起初不接受，但吕新一定要屠小昱吃，屠小昱伸手接住了——他其实心里是很想吃的。后来，他们坐在旅店的石阶上，啃着包子，看着人来人往。

吕新发现屠小昱小脸严肃，似乎有点不高兴。他问：

"小昱，你怎么了？"

"没事。"

"你肯定有心事。"

屠小昱想了想，抬头看着吕新，他的眼神显得天真而忧郁。他说：

"我同学说，我妈是小偷，被警察抓走了。我同学骂我是小偷的儿子。"

孩子显得非常难受。吕新的心像是被什么揪了一下。他安慰道：

"你妈妈不是小偷，我向你保证。"

"我也不相信。可我的同学说，他们是亲眼看到我妈妈被警察抓走的。"

"你的同学眼睛都瞎了。他们看错了。"

见吕新如此断定，屠小昱似乎心情好了一点。他一口把包子咽了下去，然后老成地拍了拍手，说：

"我回去做作业了。"

吕新点点头，说：

"你妈妈是个好女人，她怎么可能做小偷，你说呢？我们不能冤枉好人，是不是？"

屠小昱笑了。

屠小昱踉跄地回家了。他瘦弱的身体看上去很笨拙，像一只刚出壳的雏鸡。这个形象让吕新心痛。吕新想起屠小昱曾说他连火车都没乘过，想，他没办法让屠小昱出国，坐一趟火车总还是办得到的。他在劳改农场待了二十年，劳改农场发给他的一点可怜的补助，他都积攒了下来。他打算带屠小昱去上海玩一趟的，去看看东方明珠。现在红梅认出了他，他可以尽点责任了。他带屠小昱出去，红梅应该不会太担心的。

十八

红梅虽然很累，却没了睡意。她坐在床头，一直在看屠宝刚。这让屠宝刚感到非常奇怪。

"你怎么啦？"

"没事。"红梅欲言又止。

屠宝刚不清楚红梅是怎么被放出来的。不过，对他来说只要被放出来就好。听红梅说，那个叫叶晓奕的女人找到了丢失的首饰。这样，红梅的冤屈就洗刷了。洗刷了就好，他们也不会怨恨那女人。像他们这样的人，只要别人不找他们麻烦就算是好的了。一切过去了，日子还是从前的日子，苦但不是没盼头。屠宝刚满意这样的生活。

"小家伙今天好像不太高兴，心事重重的样子。"吕红梅对屠宝刚说。

"是吗？"屠宝刚挥了挥手，说，"没事，小孩子有什么高兴不高兴的，睡一觉就没事了。"

吕红梅笑了笑。笑得有些勉强。沉默了一会儿，吕红梅又说：

"宝刚，如果我有什么事瞒着你，你怎么想？"

这话让屠宝刚觉得有些刺耳。他不知道红梅是什么意思。

"你外面有男人了？"

红梅白了他一眼，说：

"想哪里去了。"

"那些东西真的是你偷的？"

"神经病。你怎么这样。"吕红梅不高兴了，"睡吧，睡吧，不早了。"

吕红梅钻进了被窝，背对着屠宝刚。她又说：

"其实我挺复杂的，你到时候不要吃惊。"

屠宝刚被她弄得很纳闷。不过，他一向不喜欢想那些烦心的事。他也钻进了被窝。没一会儿，他就睡着了，并且响起了鼾声。

第二天，红梅像往日一样去各家各户清洗。到了中午时分，她想起叶晓奕曾给过她一张戏票。来到这个城市后，她从来没看过一场戏。这会儿，她有一种很强烈的看戏的冲动。她见时候还早，决定去戏院看看。

她的童年可以说是在戏院度过的。那时候，吕新酗酒还不是很厉害，她经常跟着吕新，在剧院里钻来钻去。她觉得舞台上的一切都是美好的。头顶射下的灯光追打在演员们的身上，使她们看起来超凡脱俗，一尘不染。她们随着音乐舞动，水袖犹如波浪，身段仿若柳枝，就好像音乐是风，她们是风中飘荡的一朵白云或一枚羽毛。

吕红梅进入戏院的时候，戏已经开场了。她路过售票台，看到了这出戏的广告，叶晓奕那张漂亮的脸非常突出地印在广告上，戏名叫《秋月》。吕红梅找到自己的位置，坐下。她收了收心，专注地看了起来。她渐渐看出了名堂。叶晓奕扮演的是一个可怜的女人，是一个发了疯的女人。母爱是多么大的本能啊，她只知道带着女儿走，不知道这样会伤害到女儿。她替她们揪心。那个美丽的疯女人因偷窃食物被人发现了，他要抓疯女人。这时，女儿拿起一根棍子向那人砸去，把那人砸死了。疯女人于是惊醒过来，恢复了神志。有人报告给官府，官府来抓杀人犯了，女人把一切都承担下来……

吕红梅看得泪流满面。特别是最后一场，当女人奔赴刑场，天上下起了大雪，那女主角抬头望天，在风雪中看到了她死去儿子的面容，她的脸上露出一种满足的微笑，好像她这不是去死，而是去天堂和儿子相会。

随着舞台的灯光变化，吕红梅脸上的泪光也在不断地变幻着。她不知道自己为什么有这么多泪水。这二十年来，她很少哭泣，好像泪水在她十五岁那年已经流光了。这二十年来，她被生活拖累着，很少去感受。现在，她却突然变得多愁善感起来。她觉得这人世间真的就像一场戏，有着太多的变故，太多的偶然，太多的伤心，太多的愤恨，就像这出叫《秋月》的戏，人间就是一出大悲剧。

这天，吕红梅从剧院里出来，真的觉得自己做了一个长长的梦。

十九

吕新认为吕红梅认出了他，让吕新伤心的是吕红梅依旧没"认"他。吕红梅似乎在回避他。有时候，眼见着红梅迎面走来，却突然转向，朝另一个方向走去。仅有的几次狭路相逢，红梅神色慌张，眼眶泛红。吕新猜不出红梅的心思。他只是想，她还是没有原谅他。不过，他理解红梅，他做了如此伤天害理的事情，害得她这辈子命运多舛。他真的是不可原谅的。连他自己都难以原谅自己。

不过吕新还是想带屠小昱去上海玩一次。屠小昱也同意了。他们约定了一个日子，各自去做必要的准备。

他们是一个星期后出发的。那天是星期三。火车票早已买好了。这天，屠小昱背着书包出来，就被吕新接走，一老一小直奔火车站。虽然这天阳光灿烂，但天气非常寒冷。气象预告说，近日可能会降雪。屠小昱戴着和棉衣连在一起的帽子，围着围巾，看上去显得十分臃肿。

一会儿，他们就在火车上了。屠小昱第一次坐火车，显得相当兴奋。屠小昱几乎坐不住，到处看来看去。列车上各式人都有。有人在看报，有人在聊天，有人在抠脚丫子，有人一上来就打扑克。屠小昱只在电影上看过列车内的场景，他有一种做梦似的感觉，脑子里充满了各种各样同列车有关的旋律。只要是他听过的音乐，他总是能回忆起来。他在一部俄罗斯电影里看到过一群人在开往西伯利亚的火车上唱俄罗斯民谣《山楂花》，列车外是白皑皑的雪地。屠小昱认为这场景迷人极了。这会儿火车已在田野上飞速奔驰，屠小昱趴在窗口，看着窗外一掠而过的风景。他的眼睛亮晶晶的，眼神里充满了喜悦。孩子的喜悦让吕新非常满足。

后来，屠小昱沉寂下来。他的脸变得十分苍白，嘴唇看上去显得更紫了。他似乎还有点心神不定，眼神里有一丝忧虑。吕新问，你身体不舒服吗？屠小昱犹豫了一下，说，没有。吕新说，你这身体，主要是缺乏锻炼。吕新想，自己身子骨这么硬朗，还得归功于在劳改农场这二十年，每天劳动才使他的肌肉没有松弛。有时候他觉得自己的力气比进监狱前还要大。他让屠小昱靠在他身上睡一觉休息一下。屠小昱点点头。

他们很顺利地到了上海，很顺利地登上了东方明珠。他们坐电梯上去时，屠小昱显得呼吸急促。吕新想，大概小家伙太激动的缘故。他抚摸了一下小家伙的头。屠小昱突然说，爸爸、妈妈会找我们吗？吕新说，你不用担心，即使他们知道了也没事，包在我身上。屠小昱说，要么我们回去吧？吕新说，小傻瓜，都上来了，总得看一看啊。

屠小昱心事重重地从电梯出来。吕新牵着屠小昱的手，跟着人群来到东方明珠观景台。从这里看上海，上海的高楼突然变小了，连那黄浦江看上去也小得像一条水沟。江上的船只像一只只鸭子，在游来游去……屠小昱这会儿又兴奋起来，脸上有了红晕，但他的呼吸还像刚才那样急促。吕新问他，好看吗？屠小昱点点头。吕新指了指远方说，那就是外滩。

一会儿，屠小昱又心不在焉起来。他好像下了天大的决心，对吕新说，我要打个电话到家里，我身体不舒服。刚说完，屠小昱就瘫倒在地上。这可把吕新吓坏了。他拼命地叫，小昱，你怎么啦，小昱，你醒醒。围过来的人群中有一个医生，他按了按孩子的脉搏，说，可能是心脏病，要赶紧送医院。观景台的工作人员也挤了进来，她对吕新说，医务室就在楼下，马上把孩子送到医务室去。吕新抱起孩子，在工作人员的引导下，把孩子送进了医务室。

现在，吕新知道孩子是什么病了。医生都告诉他了，孩子的心脏先天性有缺陷。医生说，这病得早点做手术，否则随时有生命危险。得知屠小昱有这样的毛病，吕新心痛得不得了。怪不得孩子平时老是气喘吁吁的，一副弱不禁风的模样；怪不得他的嘴唇老是发紫，我还认为好看呢；怪不得这一天来，孩子的眼中充满忧虑……好好的，怎么会得这样一种病呢？老天啊，真是不公啊。

现在没有办法了，吕新是瞒不过去了。他必须给屠宝刚打个电话了。他都不知道如何对他们说……

二十

大约三个小时后，屠宝刚和红梅赶到了医院（吕新已把屠小昱转到附近的一家医院）。那时，屠小昱病情已控制住了，他的意识已经清醒，呼吸基本恢复了正常，不过还使用着氧气袋。吕新在观察室外等候。

屠宝刚一见到吕新就抓住吕新的衣襟要揍他。吕新还算比较灵活，向后退。屠宝刚涨红着脸，一拐一拐地向吕新冲撞过去。他骂道：

"你怎么可以这样？你怎么可以骗孩子出来？你想干什么？"

这时，吕红梅也冲了过来，挡在两人之间，制止屠宝刚。她吼道：

"屠宝刚，你给我住手。你凶什么？"

屠宝刚没想到红梅会对他发火。他说：

"他差点把孩子害死，你知道吗？"

医生见有人吵架，一脸严肃地出来制止。屠宝刚于是安静了下来。

吕红梅征得医生同意，进了观察室。她来到孩子床边，摸了一把孩子的脸。

"还难受吗？"

"没事的，妈妈，我好多了。"

又说：

"你们不要怪他，是我自己想来的，他是好心。"

吕红梅点点头。吕红梅问了医生一些情况，确认孩子没大碍后，出了观察室。

屠宝刚和吕新在门口等着。屠宝刚依旧满脸怒容。吕新一脸羞愧，像一个做错事的孩子。吕红梅看了吕新一眼，向走道尽头走去。吕新跟过去。

一时，他们感到千言万语无从说起。吕红梅强忍着眼泪，没有吭声。吕新却再也控制不住，眼眶泛红，泪光闪烁。他没有想过，他和红梅会在这样的情形下相认。他想，她刚才对屠宝刚发火就是"认"了他，虽然她至今没叫他一声"爹"，但他知道，她认可了他们之间的关系。红梅还是大度的。她是个好女人、好女儿，可老天待她不公。她一个女人家怎么能担负那么多呢？老天怎么会忍心用这么多的苦来折磨她呢？想起造成红梅受苦的罪人就是自己，吕新恨不得打自己耳光。

"小昱的病要早点治啊……医生说早点做手术成功率更高……"

他说得相当艰难。他知道这些是废话，红梅一定比他更清楚病情。

"你放心吧，我们会想办法的。"

"为什么不早点给小昱做？这样要误事的。"

红梅沉默了。难道她不知道要误事吗？难道她想这样拖着吗？这样拖着对她来说是天大的折磨啊。她过的是什么日子啊，成天提心吊胆的，就好像家里埋了个定时炸弹，只听到定时器在嘀嘀地走动，但引信一直没有拆除。

"是没有钱吗？"他小心地问。

红梅再也忍不住了，她失声痛哭起来。此刻，所有她受过的苦都被唤醒了。她感到不平，对他的问话也很抵触。她突然高叫道：

"你别问了！你问来问去又有什么用？你能起什么作用？你能解决吗？你除了给我添乱还会干什么？什么也不会。你害得我还不够吗？你怎么能自说自话把孩子带出来呢？有个三长两短怎么办？啊？"

红梅的话像刀子一样一刀一刀切割着吕新。但不知怎么的，吕新竟然有一种畅快感。他觉得红梅这样对待他是应该的。她有权恨他。让她发泄吧。

"我难道不想治吗？我举目无亲，连个户口也没有。我怎么办啊？我去偷，去抢？"

此刻，红梅的脸看上去非常狰狞。她大口大口喘着粗气。吕新觉得这样急促的呼吸同她身体里面的痛苦有关，就好像她在尽量通过呼吸排解痛苦，否则她会窒息而死。她眼中的泪水已经干涸，只留下纵横交错的泪痕，就好像这张脸此刻已经碎裂。

一会儿，她的脸又柔和下来，泪水重新回到她的眼眶。她开始自责起来：

"本来我们今年可以给孩子治病了的。可是，我是多么蠢，我怎么会想到去做传销呢？我本来想赚一笔钱的，但没想到他们是骗子，他们把我仅有的一点钱骗走了。我从他们那里进了一堆垃圾后，再也找不到传销公司……我是多么蠢……"

见红梅这样，吕新想很抱住她，安慰她。他怕红梅不接受。他小心地把手伸向空中。手在空中犹豫地颤抖着，然后小心地向红梅的身体靠近。最后，他终于下了决心，在红梅的肩上轻轻按了按，然后又迅速地缩了回来。动作像触电一样。

红梅感受到了他的关心。她抬头看了他一眼。他的样子沮丧而悲哀，眼中流露着孩子式的可怜兮兮的神情。红梅被这样的眼神软化了。她闭上眼，摇了摇头。她想，怪他又有什么意思呢？他也够可怜的。她知道他带小昱出来是想让小昱高兴。刚才说的话过分了。作为女儿，她知道他的脾性，他本质上也算个善人。他也够可怜的了。她擦去泪水。她没有再说下去。他们就这样沉默相对。

一会儿，红梅的情绪稍稍平静了一点。她轻声问道：

"你这些年都还好吧？"

二十年来没人这样关心过他了。吕新的眼睛又红了。他像一个孩子一样看着红梅，好像红梅是他的依靠，他摇摇头又点点头。

回来的路上，没有谁说话。火车轰隆隆地穿越南方的田野，窗外一片绿色。屠小昱身体还很弱，靠在红梅身上，眼珠子黑溜溜地看着吕新，眼神里有一丝惊恐，好像他在为明天担忧。红梅没有表情。屠宝刚知道眼前这位老人是谁了。他不时观察吕新，他的脸色已经很温和了，温和中还有对吕新的一丝歉意。

吕新的心中充满了悲哀。现实就是这么残忍，残忍得让人无法面对。他有一种深刻的无力感。他的存在对红梅来说毫无作用，他帮不了她任何忙。他伤害了她，但他无法弥补她。他是多么无能。

吕新在牢里的时候也琢磨一些人生问题。里面空间狭小、安静，同那个喧腾的人世拉开了距离，再加上他有的是时间，所以，他在不断地回顾自己的生活。那时候他最放不下的就是红梅，他认为人生的所有问题都源于心中的牵挂。现在他不这么看了。他的牵挂对红梅来说没有任何意义。他的存在只能给红梅添乱，徒增红梅的困扰。他应该在红梅的身边消失。他甚至觉得自己还是待在劳改农场更好一些。也许一辈子不出来，红梅会更安宁一点。他也会更安宁一些。这样，也不用面对残酷的现实了。

他想，他得回永城去了。

二十一

回到省城，吕新去立交桥广场找黄德高。

天气还是非常寒冷了。天空阴沉沉的，好像要下雪的样子。这个地区有好几年没下雪了。广场上，北风呼啸，人群还像往日那样拥挤，只是这些外地人聚在这里不是想找个工作做，而是在等回乡的车票。吕新这才意识到快过年了。

这天，黄德高穿着一件黑色皮夹克，戴着一副墨镜，看上去像一个黑社会老大。黄德高派一支烟给吕新，然后问他有什么事。吕新说：

"没事。我想回去了。"

"不干了？"

吕新点点头。他茫然地看了看广场，说：

"不干了。快过年了，我想回去了。"

"就为这事？"

吕新点点头。吕新不再说话，但他没有走的意思。

有一只狗在广场上跑来跑去。它像是迷路了。它跑到一头，叫几声，又跑到另一头，叫几声。吕新想起牢里的日子。牢里面养着好几条警犬，但牢里的警犬从来不叫。吕新说：

"你说奇怪不奇怪，这几天我挺怀念牢里面的日子的。"

"老头儿，你脑壳坏掉了不是？"黄德高显得相当吃惊，他骂道，"谁他娘的怀念那种日子，不是变态吗？"

吕新笑了笑，低头沉默。他从地上捡起一根小木条，在地上专注地画着什么。一会儿，他轻声地说：

"上回你让我做的那个单子有人接了吗？"

虽然吕新说得很轻，很不经意，但黄德高听清楚了。他知道这才是吕新找他的目的。他笑了，他说：

"怎么，缺钱花？"

"那人被做了？"

"做了。"黄德高很遗憾地回答。

吕新"噢"的一声，有些失望，又好像突然轻松了一些。他长长地吁了一口气，然后站了起来，说：

"那就算了。我这算是同你告别了。"

"你别急。"黄德高拉住吕新,"我手头上还有呢……"

吕新的心紧缩了一下。

黄德高让他去干掉一个四川人。他向吕新交代时,态度突然变得十分庄严,好像他这件事事关重大,关系到全国人民的命运。他说,现在是返乡时间,人员流动大,公安很难查到。这里的人以为此人回家过年了,家乡的人以为他在这里过年,是个好机会。如果干的话,可以得到六万元"人头费"。

这六万元钱让吕新的心怦怦跳了起来。他多么需要一笔钱啊。如果他得到这笔钱,那么意味着屠小昱就可以去上海做手术了。

可他还是有些踌躇的。他倒是并不怕再犯罪。他都这么大岁数了,死了也就死了,看着红梅在受难,活着有什么意思呢?问题在于,他要杀的人也是一条命啊,他无论如何还是感到有些下不了手。

黄德高好像看穿了他的心思,他解释道:

"这人实足一人渣,你这是替天行道。"

接下来,黄德高从各个角度论证此人如何人渣。他说这个四川人开始挺好的,但近几个月来,这人纠集了一帮老乡,专门敲诈建筑工地老板,他们垄断劳动力市场,以为工地提供民工为幌子,让这些承包商支付高额工资,否则工地的安全就有问题,随时可能丢失机械设备。承包商发给民工的工资统统进入他们的腰包。近来,此人强迫承包商参与赌局,他在赌局中做了手脚,因此赢了不少钱。总之,这人把码头都搞乱了。此人心狠手辣,气量极小,如果你动他一块指甲,他就要你一只手指。

黄德高从皮夹克里怀里取出一个文件袋，递给吕新。他说：

"你看看，里面有他的照片。就是这个家伙。"

吕新看了看文件袋，觉得黄德高这家伙还真是个文化人，什么事到他手里，都像大机关似的，很正式。他打开文件袋，取出照片看，吓了一跳。竟然是那个马脸男人。上面写着这个人的名字，叫胡文斌。吕新第一次知道这人的名字。黄德高眼尖，问：

"你认识他吗？"

吕新摇了摇头。他觉得黄德高说的应该是真话。这个人实在是令人厌恶的。他想起来了，有一回，在广场，一帮安徽人说起过，他们干了几个月的活儿，一分钱都没拿到。问老板要，老板说已给了他们的头。但他们的头（应该就是这个马脸男人）说没拿到老板一分钱。他们也没办法，只好两手空空回家过年。吕新忽然有些好奇，他问：

"谁想杀这个人呢？"

"这家伙得罪的人太多了。好多人都想他死。老板们已受不了他，安徽人的地盘越来越小，也想废了他，就是他们四川人也想开了他。这人已是丧家之犬……"

吕新把文件夹收起来，塞到自己的衣服里面，说：

"我回去想想。"

黄德高脸上露出满意的笑容。他知道，既然吕新接受了文件袋，也就意味着他接了这单生意。他拍了拍吕新的肩。

"你杀过人的，再杀一次还不是小菜一碟？我看出来了，你是这个料。"他说着,把一只信封塞给吕新,"你放心,没事的,钱一分也不会少。这是定金。"

吕新接过钱,点点头,然后消失在广场的人流中。

二十二

这天晚上,吕新回到地下室,那个马脸男人还在睡觉,呼噜打得山响。吕新见到他有一种异样感。他仔细看了看那张马脸,那张脸此刻非常紧张,好像在某种恐惧中。也许那人意识到有人瞪着他看,突然一个激灵,猛然坐起,警惕地看了看四周,见是吕新,长长地舒了一口气,又重重地倒在床上。

"快过年了,你不回去?"吕新问。

那人没回腔。好一会儿,才传来他的声音:

"你在同我说?"

"是呀。"

"你狗日的怎么不回去?"

吕新听了有些刺耳。他想,这家伙真是没人情味。

见吕新不回答,那人又说话了:

"你赶紧回家去吧,离老子远一点,否则,等老子躲过这阵子,会杀了你。"

"我家里没人了,回去不回去一个样。"吕新说,"你呢?你家里没老婆孩子?"

"你管得着。"那人没好气地说。

要是以往，吕新肯定也发火了，但现在他的心平静得出奇。那人只是他手中的猎物，他没必要同他计较。吕新说：

"有老婆有孩子真好。我什么也没有了。"

那人白了他一眼，没回话。

"我这辈子，想起来也真是荒唐，不怕你笑话，我年轻的时候是个浑球，有一次我喝醉了酒，把老婆杀了。我把家毁了。"

那人抬起头来，看了他一眼。

"我在牢里待了二十年。我原以为这辈子不会活着出来了。但出来后，也没劲啊。"

"老头儿，怎么突然说起这个来了。"

"快过年了吧。我感到孤单。你呢？你孤单吗？"

"老子不孤单。"

"你真是幸运。"吕新淡然地说，"说出来你不相信，我年轻的时候是个乐师，音乐你知道吗？这东西不能碰的。这东西会缠着你，耳边总是有一些声音缠来绕去，你老是想去捕捉这样的声音，但你会发现，你根本抓不住。那是空的，就像人喝醉了酒时的幻觉，都是空的。不过，我说这些你也不会懂。"

"谁说老子不懂。老子懂。"

"那你是我的知音。"吕新一本正经地说，"怎么样，陪我去喝一杯？我有好久没喝酒了。自从我酒醉杀了老婆后，就没喝过酒。我真想大醉一场。"

那人竟然答应了。他说：

"好吧，老子陪你喝一杯。老头儿，你这么说，我有点喜欢你了。"

又说：

"不过，你差点把我掐死，这仇一定要报的。我不会放过你。"

吕新起床穿衣。两个人摸索着出了地下室。已经是午夜了。天空像白天一样阴沉沉的，天上飘下一些闪亮的东西。下雪了。终于下雪了。他们俩在街头寻小酒店。附近的小酒店都关门了。两个人盲目地走着。慢慢地，地上开始积起一层白雪。脚踏在路面都有了沙沙声。他们穿过这片老街，终于发现了一家日夜超市。他们进去买了两瓶老白干。天很冷，他们打开白酒暖身。一口酒下肚，他们的身体暖和起来。这里已经是城乡接合部。北面已是田野。雪越下越大，黑暗中的田野已有白皑皑的模样。那人突然停住了脚步。他说：

"这里像我的老家。"

"你老家也下雪吗？"

"是的。"

那人找了个地方，坐下来。他喝了一口酒，说：

"我已有五年没回过家了。我都不知道他们成啥模样了。"

"你想念他们吗？"

吕新又喝了一大口酒。老白干非常冲，他差点呛着了。酒气刺激着他的血液，他只觉得有一股力量在往脑袋上涌。他又听到了各种各样的声音。垂死的声音。狗日的声音。声音让他变得有点混乱。这种感觉是久违了的。

"人在江湖，身不由己。想念有个屁用。"那人说。

这会儿，吕新站在那人的后面。那人长长的脑袋就在伸手可及的地方。他的手颤抖起来。他只要拿起酒瓶砸向那人的脑袋，那人就会没命。或者，他只要拿出口袋里的绳子，勒住那人的脖子，那人就根本没有逃生的机会。吕新酒也喝得差不多了。头脑上那些缠绕不清的音乐还在。此刻，他觉得那个脑袋就是他要抓住的东西，充满了诱惑。那人浑然不觉。

当吕新举起酒瓶时，那人慢悠悠地说：

"老实告诉你，我儿子死了，一次地震，一根梁落在儿子的头上，当场死了，脑浆流了一地。我当场昏了过去。"

吕新被这句话击中了。他闭上眼，摇了摇头，试图让自己清醒些。

"做人狗日的没有啥子意义。你说呢？你说做人能抓住些啥子？"

说完，那人站了起来，说：

"老子今晚说得太多了。我们回去吧。"

吕新还愣在那里。见那人走在前面，就急忙地追了上去。

回到地下室，他们再也没有说话。也许由于酒精的刺激，那人上床不久就睡了过去。地下室一下子充满了那人的鼾声。他的鼾声非常奇怪，像机关枪一样，嗒嗒嗒嗒的，好像地下室是一个碉堡，他们正处在战争中。

吕新没睡着，他的内心在挣扎。他放过了一次机会。要是在城乡接合部解决，是最完美的，尸体可以就地埋葬，谁也不会发现。他想，他真的不应该打听他的情况，现在叫他如何下得了手。

他已站在那人的床边。那人熟睡中的面孔像婴儿一样软弱。那人的脖子也比别人长，他掐过那人的脖子，肉肉的，像某种软体动物。这说明，这人没有什么力气。他只要掐住那人，心不软，那人的命就完了。

……

但吕新实在下不了手。他走出地下室，大口大口地呼吸。雪还在下个不停，午夜的空气非常新鲜。他混乱的充满了酒精的头脑也跟着清醒了些。

第二天，吕新在这个城市消失了。

二十三

吕红梅有几日没见到吕新了。从上海回来后，她一直在找他，想和他好好聊聊，但他好像躲着她。

这天早上醒来的时候，吕红梅有一种莫名的空虚感，好像又有什么事降临到她的头上。她想起来了，昨晚她做过一个梦。她梦见吕新整夜站在她的楼下，眼泪汪汪地看着她家的窗。天在下雪。雪把他染成了白色。他这样一动不动地站了一夜。

吕红梅推开窗，发现果真在下雪。同梦里一样。雪花从天空拥拥挤挤地落下来，平添了几分热闹。放眼望去，街上已积了厚厚的一层雪。吕红梅这才意识到，再过几天就要过年了，但吕新去哪里了呢？

红梅打算去立交桥广场找吕新。一路上，到处都是孩子们的欢笑。令人奇怪的是，这雪给她的感觉不是寒冷，而是温暖。

因为下雪，立交桥广场没有几个人，同往日的热闹比，显得分外落寞。她站在广场上，想，如果他在的话，应该看得到她的。她想，他可能走了。他走了为什么不说一声呢？

她回家后叫屠宝刚去地下室问问那个四川人，吕新究竟去哪里了。本来她想自己去问的，但她有些怕那个四川人。那个四川人看她的眼神好像是想把她吃了去。屠宝刚去问了。但那人说：

"老子不知道。"

"他是不是回永城了？"

"他狗日的去哪里，老子管不着。"

屠宝刚不想同这个满嘴粗话的四川人多言。他觉得这个四川人似乎心情不好。这样的人还是不去惹他的好。屠宝刚回家，对红梅说：

"你不要着急，他可能回永城了。"

"那他应该来告个别啊？"

"下雪了，他可能只是回家去处理一些事，马上会回来的。快过年了，他一个人多孤单啊，他会回来看屠小昱的。"

吕红梅觉得屠宝刚说得有道理。

自从吕新从这个城市消失后，吕红梅觉得自己的身后变得空荡荡的了。她已习惯了他的无处不在的注视，现在，这种注视消失了，她竟然有一种空旷的孤独感。

转眼就到了除夕。吕新再也没有在他们身边出现。一整天，街头都是爆竹声。前几年，这个城市禁放烟花，今年总算得以开放，人们对爆竹分外热情，好像要把前几年没放的一下子补回来。屠小昱站在理发店门口，看人们兴高采烈地在雪地上玩耍。雪已经停了，但地上的积雪还没有融化。人们打着雪仗，雪球像爆竹一样满天飞。

晚上，烟花在空中寂寞开放，像无人欣赏的孔雀开了屏。吕红梅心里很不踏实。她一直想着吕新。他去哪里了呢？应该回老家了吧？他不能在外面过年啊。吕红梅想起这几个月来的事，觉得自己真的做得过分了。他在她身边这么长时间，她都没把他叫过来吃一顿饭。她什么时候变得这么狠心了呢？除夕之夜，吕红梅心里充满了内疚感。

二十四

正月初二那天，吕红梅坐火车回了一趟永城。永城，大雪初霁，天空明亮。街道边堆满了积雪，房屋上盖着厚厚一层雪被。

她几乎有二十年没回老家了。她曾发誓一辈子不再回来，但她还是回来了。这世上的事，真是奇怪啊，谁能说得清楚呢。她曾是那么恨他，努力想忘记他。她几乎花了十多年才把这个人的阴影从心里抹去，可是，当他出现的时候，她无法当他不存在。

永城早已不是原来的样子了，满眼看到的都是陌生的建筑和街道，连河流似乎也变了样，已难觅记忆里永城的模样了。但她毕竟在这城市出生，住了十五年，这个城市的气味她是熟悉的。这气味在她靠近永城、靠近西门街时已嗅到了。她从这个城市的气味里分辨出了那些咸腥味和酒味。这曾是她讨厌的气味，但这会儿，她却感到亲切。记忆随着这些气味渐次打开。她已有很久没回忆十五岁以前的事了。一直以来，她把她的童年和少女时代取消了，就好像她是突然长大，突然之间变成了一个必须面对残酷现实的成年人，没有梦想，没有明天，所有的目标只是把今天过完。

一个鞭炮突然在积雪的屋顶上炸响，显得分外响亮。好像是受这声鞭炮的启发，很多人出来放起鞭炮，于是鞭炮声此起彼伏地在四周炸响了。她觉得这种现象犹如狗吠，一声狗吠总是能引来一片狗吠。一阵风吹来，传来浓重的火药气味。她深深地吸了一口。她喜欢火药味。火药有一种特殊的芬芳，她感受到其中蕴藏的温暖的年味。

在她十岁之前，吕新酗酒还不算太凶。他们家一切还是正常的。过年的时候，她喜欢放鞭炮。但二十多年前，生活比现在还要艰苦，大家都没几个钱。他们家的钱由母亲管着，母亲是舍不得花钱买鞭炮玩的。那时候父亲很孩子气，他会偷偷塞点小钱给她。她拿到钱后，就兴高采烈地奔向西门街的糖果店，那里可以买得到鞭炮。她承认，十岁之前，她是幸福的。但后来，情况就变了。父亲迷上了酒精。父亲满大街找酒喝，有时候还去西门酒厂偷窃，甚至去卫生院偷医用酒精喝。

她是坐三轮车到西门街的。快到西门街时，她听到了音乐声。是《马祖卡舞曲》。听到这音乐，她差点掉下眼泪。她第一次从这热烈而欢闹的曲子中听到了一种寂寞的气息，一种盛宴即将结束、欢歌不再、曲终人散的气息。那是他演奏出来的吗？或者他收了新的学生？终于到了那幢灰色的旧楼。刚才的音乐已经停止了。她的家就在一楼。她停下来看了看，家里的窗子关着。他想，音乐不是从这里发出来的，而是来自隔壁。她想他一个人孤单地过这个年，一定没出过门。也许他正躺在床上睡大觉。她感到心酸。

她敲门。然后等着里面的动静。没任何回应。她继续敲。还是没有回音。

"有人吗？"

一阵鞭炮声把她的声音淹没了。她发现边上站着一个孩子，手里拿着一把烟火，好奇地看着她。小孩子头圆圆的，虎头虎脑的样子。

"里面有人吗？"

小孩子摇摇头，说：

"里面没有人。这已是我们家的房子。"

"噢。怎么会是你们家的呢？你骗我吧。"

"我没骗你。住在屋子里的老头儿走了。他把房子卖给我们家了。"

吕红梅愣住了。但她想，小孩子的话不好全信。她将信将疑，问：

"你住这里？刚才是你在拉琴？"

"对。我住隔壁。"小男孩突然压低了声音，说，"告诉你，这老头儿是牢里放出来的。"

吕红梅听了，感到相当刺耳。这么小的孩子怎么也这么势利。这时，隔壁的门打开了，出来一个中年男人。她认识他。当年，他们在同一学校里读书，这个男人还追求过她，给她写了十几封情书。不过，他现在发福了，看上去像一个小官僚。

"是你。"

"是的。"她一时不知从何说起。

"你都好吧？多年不见了。"

"还好吧。你呢？"

"还行。"那人神情相当愉快，"我正要去找你呢。"

那人把吕红梅叫到屋里。他从保险柜里拿出一份合同（合同还是打印的），递给吕红梅。吕红梅拿过来阅读。是一份房屋出售合同，上面有吕新的签名。

"他把房屋卖给我了，合同价十万元钱。他让我把钱寄给你。他说你在省城，把地址也给我了，你来了正好，我不用寄了，待会儿，我去银行把钱取出来。"

吕红梅一时有点反应不过来。她问：

"他留给我？"

"是的。他没同你说起过？"

"他人呢?"

"我不清楚。他告诉过我,他已找好地方,住过去了。住在哪里,他没告诉我。"

吕红梅跟着那人去了一趟银行。当吕红梅手捧着这摞钱时,已是泪流满面。那人问:

"你怎么啦?"

"没事。"

她赶紧把泪擦掉。

"你父亲琴拉得好,听他拉琴,心里酸酸的。"

她点点头。她答非所问,说:

"我会找到他的。"

二十五

一个星期以后,永城的晚报上刊登了一则新闻。新闻的篇幅挺大的,放在"拍案惊奇"栏目里。题目是《利令智昏竟然抢劫银行,出狱老人重又吃上牢饭》。内容如下:

〈本报讯〉近日,本市出现一桩不可思议的事情。一个出狱老人,竟然拿着玩具手枪,试图抢劫西门农业银行。歹徒名叫吕新,他对自己所犯之事供认不讳。目前已被有关方面收押。

农业银行门面小,只有一个窗口,平时顾客比较少。午后时分，进来一个满脸胡子的老头儿，拿出随身携带的手枪，对准窗口服务员，要她把钱拿出来。服务员迫于无奈，只好服从。可是歹徒胆大妄为，和警察玩起猫鼠游戏，他把枪口对准服务员，要叫她报警。服务员以为歹徒是在开玩笑，或试探她，怕他一枪毙了她，所以没有动弹。谁知，歹徒是玩真的，一定要她拨打。服务员于是战战兢兢地拨通了银行报警专线。

一会儿，警车响着警铃来到银行。据在场人士称，这时候，歹徒脸上露出奇怪的笑容，让人捉摸不透。歹徒拿起装钱的包，大摇大摆向大门走去，结果被警察当场抓住。来自警方的消息称，歹徒的枪不是真的，只是一把玩具手枪而已。

歹徒的行为匪夷所思，令人百思不得其解。警方称歹徒思维正常，排除了患精神病的可能。

据警方介绍，歹徒曾在二十年前犯过一桩杀人血案。他曾在某劳改农场服刑二十年。几个月之前才得以释放。据劳改农场的教官述说，歹徒曾在缓刑释放的第三个月来监狱要求继续劳改，被农场以不合法例为由，当场拒绝。过了几天，发生了如上所述的这一幕。

歹徒的种种令人不解、不合常理的行为究竟出于何种目的？其动机究竟如何？目前还是一个谜。警方正在加紧审理此案，相信不久可真相大白……

图书在版编目（CIP）数据

妇女简史 / 艾伟著. -- 北京：作家出版社，2020.6
ISBN 978-7-5212-1020-0

Ⅰ. ①妇… Ⅱ. ①艾… Ⅲ. ①中篇小说 - 小说集 -
中国 -当代 Ⅳ. ①I247.5

中国版本图书馆CIP数据核字（2020）第117139号

妇女简史

作　　者：艾　伟
责任编辑：兴　安
封面绘画：华　彬
装帧设计：老　程
出版发行：作家出版社有限公司
社　　址：北京农展馆南里10号　　　邮　　编：100125
电话传真：86-10-65067186（发行中心及邮购部）
　　　　　86-10-65004079（总编室）
E-mail: zuojia@zuojia.net.cn
http://www.zuojiachubanshe.com
印　　刷：北京盛通印刷股份有限公司
成品尺寸：130×185
字　　数：100千
印　　张：5.75
版　　次：2020年8月第1版
印　　次：2020年8月第1次印刷
ISBN　978-7-5212-1020-0
定　　价：46.00元